꿈의 살인자

꿈의 살인자

ⓒ 남세오 2022

초판 1쇄   2022년 8월 17일

지은이   남세오

출판책임   박성규   펴낸이   이정원
편집주간   선우미정   펴낸곳   도서출판 들녘
편집진행   이동하·이수연   등록일자   1987년 12월 12일
디자인진행 고유단   등록번호   10-156
표지그림   SF소년단   주소   경기도 파주시 회동길 198
편집   김혜민   전화   031-955-7374 (대표)
마케팅   전병우   031-955-7384 (편집)
멀티미디어 이지윤   팩스   031-955-7393
경영지원   김은주·나수정   이메일   dulnyouk@dulnyouk.co.kr
제작관리   구법모
물류관리   엄철용

ISBN   979-11-5925-476-5 (04810)
            979-11-5925-708-7 (세트)

고블은 도서출판 들녘의 장르문학 브랜드입니다.
값은 뒤표지에 있습니다. 잘못된 책은 구입하신 곳에서 바꿔드립니다.

꿈의 살인자

남세오

gobl

목차

1. 세 개의 수열

어려서부터 나는 꿈을 잘 기억하는 편이었다. 그 꿈들이 모두 즐거운 꿈이면 좋으련만 오히려 지독한 악몽에 시달리다 깨어나는 경우가 잦았고, 그럴 때면 땀을 흥건히 흘리고 소변까지 지려 이불을 적셔버리기 일쑤였다. 어머니는 그런 나를 대놓고 나무라시지는 않았다. 하지만 편치 않은 표정으로 젖은 이불을 걷어 가시는 걸 보며, 나는 왠지 부모님의 기대에 부응하지 못한 것 같다는 생각에 잔뜩 위축되곤 했다.

어떻게 하면 악몽과 야뇨증에서 벗어날 수 있을지 골똘히 고민하는 일이 많았기 때문일까? 어느 때부턴가 꿈을 꾸고 있음을 자각하는 일이 잦아졌다. 처음에는 깨어나면서 겨우 꿈이라는 사실을 인지하는 정도였다. 간혹 꿈속에서 깨닫는 경우도 있었지만, 그 즉시 주변 풍경이 흔들리고 쪼그라들며 잠에서 깨어났다. 그러기를 반복하다 보니 차츰 내가 꿈속에 있다는 것을 인식하고 무언가 의도적인 행동을 할 수 있는 시간이 길어졌다.

그렇다고 해서 악몽이 사라지진 않았다. 이건 꿈이고 내가 실제로 해를 입을 리는 없다고 되뇌어보아도 정작 그 상황이 되면 막연한 공포감에 시달리다가 무작정 도망치기 일쑤였다. 당시 나는 아이들이 흔히 그러듯 무언가에 쫓기는 꿈을 자주 꾸었다. 점점 무거워져만 가는 다리를 질질 끌면서 밤새 쫓겨 다니고 나면 잠이 깬 뒤에도 다리가 뻐근할 정도였다.

내가 겨우 찾아낸 방법은 꿈속에서 손가락으로 양쪽 눈꺼풀을 잡고 한껏 크게 벌리는 것이었다. 우습게 들리겠지만 그렇게 하면 신기하게 실제로도 눈이 떠졌다. 다시 잠에 빠져들지 않도록 숨을 크게 들이쉬고 얼굴을 비벼 잠기운이 남아 몽롱한 정신을 억지로 추스르고 나면,

안도감과 함께 무언가 비밀스러운 능력을 터득했다는 생각이 들어 뿌듯하기까지 했다.

　악몽에 대한 두려움은 나이가 들면서 서서히 사그라들었다. 그러자 꿈의 세계를 여행하는 일은 온전히 은밀한 즐거움으로 남게 되었다. 물론 꿈을 자각한다고 해서 무엇이든 마음대로 할 수 있는 건 아니었다. 자각몽은 아슬아슬한 파도타기와 같아서 꿈의 흐름에 몸을 맡기고 조심스럽게 균형을 잡지 않으면 금방 밖으로 튕겨나가고 말았다. 나는 점점 꿈의 규칙을 이해하기 시작했다. 무엇보다 마음에 큰 동요가 없어야 했다. 하늘을 날고 싶으면 힘껏 날갯짓하는 게 아니라 글라이더처럼 천천히 활공해야 했다. 뭐든 마음대로 되는 것도 아니었다. 마음에 드는 이성을 만나 사랑을 나누려고 해도 옷이 벗겨지지 않았다. 몇 겹을 벗겨도 계속 새로운 옷이 나오다가 억지로 다 벗기고 나면 무서운 괴물로 변해버리곤 했다.

　꿈을 워낙 많이 꾸다 보니 비슷한 꿈이 반복되기도 했

다. 그런 꿈의 배경은 현실 어디에도 없고 오직 내 꿈속에만 있는 곳들이었다. 비슷한 장소를 돌아다니고 비슷한 사람들을 만나다 보면 꿈은 내 머릿속에서 만들어졌다가 깨고 나면 사라져버리는 일회적인 것이 아니라 어딘가에 실제로 존재하고 있는 세계를 방문하게 해주는 매개가 아닐까, 라는 생각까지 들었다. 실제로 그렇다고 믿었다기보다는 막연히 그랬으면 좋겠다는 희망에 가까웠다. 그건 내 답답한 삶에 숨통을 틔워주는 작은 탈출구였다.

︶︵

수많은 사람이 어느 가게 앞에 웅성대며 모여 있다. 사람이 너무 많아 지나가기가 힘들 정도다. 도대체 뭘 파는 가게기에. 간판을 보니 로또 판매점이다. 로또를 사는 사람을 이해할 수 없어. 이렇게나 많다니. 한숨을 쉬며 지나치려는데 웅성대는 소리가 들려온다. 저 사람이 로또 일등에 당첨됐대. 가게 안을 들여다보니 어떤 남자 하나가 로또 영수증을 들고 덩실덩실 춤을 추고 있다. 로또 일등이라니 좋겠다. 꿈이니까 구경이라도 해보는 거겠지.

그래, 꿈이었다. 꿈을 자각하고도 이렇게 주변이 또렷한 건 오랜만이다. 그렇게 생각하는 순간, 나는 나도 모르게 사람들을 비집고 춤추는 남자에게 다가가고 있었다. 가게 주변에 몰려 있던 사람들이 나를 붙들고 늘어진다. 나는 온 힘을 다해 하나하나 뿌리치면서 남자에게 다가간다. 어딘가 낯이 익지만 누군지는 생각나지 않는다. 겨우 남자를 붙잡고는 영수증을 빼앗기 위해 손을 뻗었다. 남자가 저항하자 다리를 걸어 넘어뜨리고는 영수증을 붙잡았다. 그래도 남자는 영수증을 꼭 쥐고 놓지 않는다.

순간 참을 수 없는 분노가 솟구친다. 당신한테는 필요 없잖아. 저것만 있으면 나는 무엇이든 할 수 있다고. 나는 쓰러진 남자를 향해 주먹을 날리기 시작한다. 남자가 축 늘어져 흐느적댈 때까지 멈추지 않는다. 결국 남자는 손에서 영수증을 떨어뜨린다. 나는 허겁지겁 영수증을 집어 번호를 살펴본다. 영수증에는 번호 세 줄이 적혀 있다. 꿈이라고는 믿기지 않을 정도로 또렷하게 보인다.

3, 5, 8, 13, 21, 34

4, 10, 19, 29, 32, 42

9, 5, 12, 21, 24, 37

︶‿︵

퍼뜩 잠에서 깨어나 한동안 멍하니 천장만 바라보았다. 이렇게 생생한 꿈은 대학을 졸업한 이후로 처음이다. 꿈에서 본 로또 영수증이 여전히 머릿속에 선명했다. 나는 머리맡에 놓인 스마트폰을 집어 꿈에서 본 번호를 적어 넣었다. 영수증이 사진처럼 생생하게 머릿속에 남아 있었기에 숫자 열여덟 개를 적는 게 전혀 어렵지 않았다.

점점 현실 감각이 돌아오자 그제야 허탈감이 몰려왔다. 내가 무슨 짓을 한 거지. 어차피 꿈이었는데. 꿈에서 본 로또 번호가 실제로 당첨될 리 없잖아. 그렇게 생각한다는 점에서 나는 철저히 현실적이다. 거리를 지나는 자동차 전조등 불빛이 좁은 창문을 뚫고 들어와 고시원 천장을 훑고 지나갔다. 너무도 좁은 천장에서 빛은 채 깜박이기도 전에 사라졌다. 무슨 짓을 해도 여기서 벗어날 수 없다는 것 또한 현실이었다. 그래, 혹시 모르잖아. 당첨되기만 하면, 그러기만 하면 제일 먼저 공무원 시험 준비를 집어치울 거야. 내가 진짜로 하고 싶은 일을 해야지. 그게 뭐든 간에. 적어도 그 정도는 할 수 있겠지.

실제로 로또를 산 건 그러고 나서도 며칠 뒤였다. 바보 같은 짓이었다. 로또를 사서 돈을 벌 확률보다는 잃을 확률이 더 높다. 천 원짜리 로또 하나를 샀을 때 기대수익은 476원이다. 그런 걸 계산할 수 있다는 게 내 자존감의 일부였다. 로또를 사다니. 심지어 꿈에서 번호를 보았다는 이유로. 오래 연락하지 않고 지냈던 친구 민태를 식당에서 우연히 만나지 않았다면, 대학 때 같이 뒹굴던 그 녀석이 잘나가는 IT 기업에 취직하지 않았다면, 민태가 밥값을 내주지 않았다면, 그래서 군은 오천 원이 마침 로또 판매점 옆을 지날 때 떠오르지 않았다면 내가 로또를 살 일은 없었을 거다. 오천 원으로 한 장을 사서는 스마트폰에 저장했던 메모를 꺼내 보며 하나하나 번호를 찾아 칠했다. 나머지 두 개 번호는 그냥 일렬로 칠해버렸다.

3, 5, 8, 13, 21, 34

4, 10, 19, 29, 32, 42

9, 5, 12, 21, 24, 37

1, 8, 15, 22, 29, 36

2, 9, 16, 23, 30, 37

번호를 다 적고 고개를 드니 날 쳐다보던 사람들이 눈이라도 마주칠세라 고개를 돌렸다. 왜 저렇게 날 유심히 쳐다보고 있었던 걸까? 혹시 내가 무슨 비밀이라도 알고 있나 싶어서? 그저 꿈에서 본 번호를 적어 넣었을 뿐인데. 저들도 그 정도로 절실한 걸까. 문득 내가 이렇게 바닥까지 내려왔나 싶었다. 확률 계산도 못하고 어리석은 선택을 하는 사람을 비웃곤 했는데. 기대수익을 계산해보고는 로또 사는 건 돈 버리는 일이라고 무시했었잖아. 민태 녀석이 어딘가에서 날 보고 있지는 않을까. 나는 영수증을 건네받고 서둘러 판매점을 빠져나왔다.

~~

확률과 기대수익에 대해 이성적으로 판단할 수 있음에도 불구하고 꿈이 내게 행운을 가져다줄지 모른다는 근거 없는 기대감이 조금씩 움텄다. 냉정하게 보아도 당첨 번호가 발표되기를 기다리는 며칠 동안의 컨디션은 로또를 사기 전보다 훨씬 좋았다. 오천 원의 가치는 충분히 하고도 남았다. 하지만 그것도 딱 당첨 번호를 확인할 때까지만이었다. 5등 하나도 맞지 않았다는 허탈감은 그동안의 기대감을 깡그리 짓밟고도 남을 만큼 처참했다. 그 허탈감을 상쇄하려면 다시 로또를 사는 수밖에 없을 것 같았다. 그래, 이번 주 당첨 번호가 아니었을 수도 있잖아. 어쩌면 다음 주 당첨 번호일지도 몰라.

그만해 멍청아. 나는 무너지려는 마음을 겨우 가다듬었다. 이래 봬도 나는 수학과 출신이다. 수에는 온갖 규칙과 신비가 숨어 있지만 미래를 예측하는 힘은 없다. 미래를 결정하는 것은 오로지 확률뿐이다. 시행 횟수가 늘어나면 기댓값에 수렴하게 되는 확률. 무작위로 뽑히는 여섯 개의 숫자에 정해진 규칙 같은 게 있을 리 없다. 나는 초점 없는 눈으로 내가 선택했던 숫자를 멍하니 훑었다.

3, 5, 8, 13, 21, 34

규칙이 있었다. 이런 바보 같은. 수열 중에서도 가장 흔한 피보나치 수열이었다. 3 더하기 5는 8, 5 더하기

8은 13, 8 더하기 13은 21. 정수론 수업을 들으며 지겹게 보았던 숫자들이었다. 칠 년 전이라면 굳이 일일이 더해 보지 않아도 줄줄이 써 내려갈 수 있었을 것이다. 이걸 까맣게 잊을 정도로 숫자와 멀어져 있었구나. 그래도 아마 이 숫자들은 내 무의식 속에 남아 있다가 꿈속에서 본 영수증에 조심스레 모습을 드러낸 모양이었다. 그걸 가지고 로또 번호를 예언해주는 거라고 착각했다니 스스로가 한심스러웠다.

   4, 10, 19, 29, 32, 42

   하지만 다음 줄에서는 규칙을 찾을 수 없었다. 피보나치 수열도 아니고 소수와도 관련 없어 보였다. 얼마간 고민하다 손이 자연스레 검색창으로 옮겨 갔다. 같은 숫자들을 적어 넣고 검색 버튼을 눌렀지만 이렇다 할 결과는 나오지 않았다.

'4, 10, 19, 29, 32, 42 수열'

마지막에 단어 하나를 추가해보았지만 마찬가지였다. 간혹가다 사람들이 로또 번호를 예측한다며 숫자들을 띄엄띄엄 나열하여 올려둔 게시글뿐이었다. 혹시나 하는 마음에 단어를 바꿔 다시 한 번 검색해보았다.

'4, 10, 19, 29, 32, 42 로또'

결과가 있었다.

로또 제680회 당첨번호: 4, 10, 19, 29, 32, 42
2015년 12월 12일 추첨한 로또 제680회 당첨번호는
4번, 10번, 19번, 29번, 32번, 42번이며 보너스 번호는
30번이다. 숫자 여섯 개….

순간 쿵쾅거리며 가슴이 뛰었다. 추첨 일자가 칠 년

전이라는 사실을 확인하기 전까지는. 칠 년도 더 지난 로또 번호와 일치해봐야 당첨금은 없다.

하지만 곰곰이 생각해보니 단순히 우연이라고 볼 수는 없을 것 같았다. 어쨌든 꿈에서 본 번호가 로또 당첨 번호와 맞아떨어졌으니까. 지금까지 당첨된 번호가 수백 개가 넘는다는 점을 고려해도 그중 하나와 우연히 일치할 확률은 만분의 일 정도. 이런 일이 그냥 일어날 수는 없다. 내가 그 로또 번호를 기억하고 있었다면 몰라도. 하지만 나는 이번 꿈을 꾸기 전까지는 로또에 전혀 관심이 없었다. 당첨 번호를 무의식적으로라도 기억하고 있을 리가 없다. 그렇다면 무엇일까.

칠 년 전, 2015년 12월 12일, 피보나치 수열, 정수론.

나는 벽에 반쯤 기대고 있던 몸을 벌떡 일으켰다.

장서희.

2. 칠 년 전의 비밀번호

칠 년 전 나는 수학과 2학년생이었다. 어렸을 때부터 줄곧 공부 잘한다는 말을 듣고 자랐지만 의대에 갈 성적은 되지 않았다. 수학을 좋아하긴 했지만 정작 수학과에 들어가니 학과 공부에 영 흥미가 생기지 않았다. 지금 생각해보면 취업 잘되는 과들을 다 제쳐놓고 굳이 수학과를 택한 건 비뚤어진 자존심이었다.

그때 만난 친구가 구민태다. 머리 좋은 녀석이었지만 나만큼이나 공부에 관심이 없었다. 민태가 수학과를 선택한 이유는 나와 전혀 달랐다. 굳이 취업할 필요가 없을 정도로 민태네 집은 부유했다. 그런 티를 내지는 않았지만 나는 민태가 가끔 무신경하게 내뱉는 말들이 은

근히 신경 쓰였다. 민태는 나쁘지 않은 녀석이었고 우리는 좋은 친구였다. 내가 가진 게 조금만 더 많았어도 우리는 더 좋은 친구가 될 수 있었을 거다. 지금 생각하면 부끄럽지만 나는 민태가 가진 조건이 부러웠다. 가끔은 민태에게만 그런 조건이 주어졌다는 사실이 부당하다고도 생각했던 것 같다.

장서희가 민태와 만난 기간은 채 반년이 되지 않았다. 심리학과생이었던 서희는 시간표를 맞추기 좋다는 핑계를 대며 수학과 전공 과목인 정수론 수업에 들어왔다. 도와주겠다며 접근하는 동기가 많았지만 뜻밖에도 서희는 민태와 함께 스터디 조를 짰다. 눈높이에 맞게 잘 설명해주기 때문이라고 했지만 역시 핑계로 들렸다. 그 당시에는 그것 역시 민태가 누리는 과도한 행운 중 하나라고 여겼다.

민태와 친했던 나도 자연스럽게 그 스터디 조에 끼게 되었다. 동기들 사이에서 두 사람이 사귄다는 소문이 돌았지만 민태와 서희는 스터디 자리에서 그런 티를 내지 않았다. 다만 종종 나를 빼고 둘이 따로 만난다는 눈치는 받았다. 나는 부러움인지 질투인지 모를 감정에 휩싸였다. 서희는 민태보다 나와 더 잘 어울린다는 생각을 억지로 떨쳐야 했다.

처음 만난 자리에서 서희는 자기는 사실 정수라고 하면 피보나치 수열밖에 모른다며 웃었다. 민태는 자기만 믿고 따라오라고 너스레를 떨었다. 첫인상과 달리 서희는 깜짝 놀랄 만큼 머리가 좋았다. 우리는 서희에게 교재 내용을 가르쳐주는 척이라도 하기 위해 입학한 이후 처음으로 열심히 공부해야 했다. 서희는 수학뿐만 아니라 세상 모든 일에 관심이 많았다. 가끔 우리에 대해 캐물을 때는 집요함마저 느껴졌다. 스터디를 빨리 끝내고 다른 이야기를 하기 위해 미리 공부를 해 오는 게 아닐까 싶을 정도였다.

그런데 결국 서희는 기말고사를 보지 않았다. 마지막 스터디 모임 장소에 나간 사람은 나뿐이었다. 한참을 기다리다가 민태에게 전화를 걸었던 그날이 12월 12일이었다.

"야. 나 지금 삼십 분째…."

"잠시만. 4, 10, 19…."

"뭐라고?"

"29, 32, 42. 아 씨. 또 꽝이네."

"너 지금 뭐 하는 거야? 스터디도 안 나오고."

"야. 스터디고 뭐고 다 그만둬. 그냥 F 맞을란다."

"아 진짜. 맘대로 해. 근데 서희는? 개도 안 나왔는데."

"몰라. 개 얘기 묻지 마. 짜증나니까."

"너네 깨졌냐?"

민태는 대답 없이 전화를 끊었다. 생각해보니 그때 민태가 중얼거렸던 숫자가 바로 로또 당첨 번호였다. 당시에는 그걸 몰랐다. 당연히 숫자를 외우고 있었을 리도 없다. 그런데도 꿈에서는 그 숫자가 생생하게 보였다. 무의식적으로 기억하고 있었던 걸까.

그날의 기억은 거기서 끝나지 않는다. 그 뒤 나는 서희의 집에 찾아갔다. 핑계는 있었다. 서희는 시험 날짜와 장소가 공지된 수업에 들어오지 않았고, 나는 그걸 알려줘야 한다고 생각했다. 비록 서희도 민태와 마찬가지로 학점을 포기했을지도 모르고, 둘 사이에 무슨 일이 있었는지는 내가 알 바 아니지만. 사실 시험 시간 정도는 민태가 이미 알려줬을 수도 있지만 그냥 나는 내가 그걸 알려줘야 한다고 생각했다. 솔직히 말하면 서희와의 인연을 그렇게 끝내고 싶지가 않았다.

전화번호는 몰라도 집이 어디인지는 알고 있었다. 민태와 함께 딱 한 번 가본 적이 있었다. 스터디 모임에 도서관에서 빌린 책을 잔뜩 들고 온 서희는 급한 약속이 있다며 책을 집에 가져다 놔달라고 부탁했다. 민태는 서희의 집을 알고 있었다. 심지어 비밀번호도 알고 있었다. 너무도 자연스럽게 번호를 누르고 들어가는 장면을 지켜보며 나는 아무렇지 않은 표정을 지으려 애써야 했다.

그냥 신경 쓰지 않는 게 자연스럽다고 생각하면서도 발길은 서희의 집으로 향했다. 조심스럽게 계단을 올라가 현관 앞에 섰다. 하지만 차마 벨을 누르지는 못했다. 한참을 망설이다가 포스트잇을 꺼내 시험 날짜와 장소를 적은 뒤 문에 붙였다. 그러고는 집으로 돌아왔다. 서희는 끝내 기말고사에 들어오지 않았고 그걸로 인연은 끝이었다. 민태는 겨울방학이 채 끝나기도 전에 새로운 여자를 만났다. 우리가 다시 서희의 이름을 입에 올리는 일은 없었다.

12월 12일의 정수론 스터디. 피보나치 수열과 로또 당첨 번호. 우연이라기엔 너무 낮은 확률이다. 그럼 세 번째 줄 숫자들은 뭘까.

9, 5, 12, 21, 24, 37

아무리 떠올려봐도 그날의 기억과 연관 지을 방법이 없다. 로또 당첨 번호도 아니고 특별한 규칙도 찾아낼 수 없었다. 하지만 그냥 잊어버리기에는 앞선 두 개의 우연이 너무도 비현실적이다. 비밀을 풀지 않고는 견딜 수 없을 것 같았다. 가뜩이나 하기 싫던 공부가 더더욱 손에 잡히지 않았다. 하루 종일 로또 영수증에 적힌 숫자만 바라보며 넋을 놓고 지내는 시간이 많아졌다.

결국 나는 서희의 집을 찾았다. 정확히 말하면 칠 년 전에 살고 있었던 집이다. 내가 할 수 있는 일은 그것밖에 없었다. 어떤 식으로든 마침표를 찍어야 다른 일을 할 수 있을 것 같았다.

꒰꒡꒱

점퍼 속으로 찬바람이 비집고 들어오는 쌀쌀한 날씨였다. 어느덧 뉘엿뉘엿 해가 지고 있었다. 신촌역 인근을 걷자 대학생 때의 기억이 머릿속 여기저기서 떠올라왔다. 집으로 향하는 골목길을 찾는 건 어렵지 않았다. 칠 년 전의 그 낡고 허름한 건물도 예전 자리에 그대로 있었다. 막상 도착하니 과연 서희가 여전히 여기에 살고 있을까 싶었다. 졸업을 해도 예전에 했을 텐데. 삼십 분 넘게 건물 주변을 빙빙 도는데, 여자 한 명이 안으로 들어가는 것이 보였다. 장서희였다.

멀리서 봤는데도 단번에 알아볼 수 있었다. 변한 게 거의 없었다. 뛰는 가슴을 진정시키고 따라 올라갈 용기를 내기까지는 십 분 정도 걸렸다. 2층으로 올라가는 계단과 현관문은 칠 년 전 기억 속 모습 그대로였다. 포스트잇을 붙였던 자리까지 짚어낼 수 있을 것 같았다. 크게 한 번 심호흡을 하고 벨을 눌렀다. 아무런 반응이 없었다. 잠시 후 한 번 더 벨을 눌렀지만 마찬가지였다. 그냥 돌아가야 하나 고민하던 중에 도어락이 눈에 들어왔다.

칠 년 전 이 현관문 앞에서 한참 망설였던 기억이 다시 한 번 선명하게 떠올랐다. 도어락 장치 역시 그때와 바뀌지 않았다. 머릿속이 복잡하게 돌아가기 시작했다. 문득 내가 꿈에서 본 번호가 오름차순이 아니었다는 사실이 떠올랐다. 분명 9와 5의 위치가 바뀌어 있었다.

9, 5, 12, 21, 24, 37

순서가 바뀌어 있다는 것은 순서가 중요하다는 뜻이다. 오름차순으로 정렬되어 있지 않은 건 왜일까. 어쩌면 규칙은 쉼표로 나뉜 숫자들 사이에 있는 게 아닌지도 모른다. 나를 여기까지 오게 만든 두 개의 수열. 끝내 풀리지 않은 마지막 수열. 바뀌지 않은 잠금장치.

9512212437

순간 무언가로 얻어맞은 듯한 기분이었다. 얼얼한 머릿속에서 숫자들을 하나하나 떠올려내 조심스럽게 버튼을 눌렀다. 이래선 안 된다고 생각하면서도 정말 그 숫자가 비밀번호가 맞는지 확인해보고 싶다는 충동을 떨쳐내기가 힘들었다. 삑삑 소리가 계단에 울려 퍼질 때마다 심장이 쿵쾅거렸다. 마지막 확인 버튼을 누르는 손이 떨렸다. 경쾌한 신호음과 함께 덜컥 소리가 났다. 안에서는 여전히 아무 소리도 들려오지 않았다.

말도 안 된다고 생각했다. 꿈에서 본 숫자가 어떻게

이 문의 비밀번호일 수 있어. 문이 다시 잠기기 전에 현관문을 조금 당겨 열었다. 차라리 누가 무슨 짓이냐고 소리쳐주면 좋겠다는 생각이 들었다. 나는 바짝 마른 입술을 좁은 틈에 대고 외쳤다.

"장서희 씨를 찾아왔는데요. 안에 아무도 안 계십니까?"

아무런 대답이 없었다. 아까 분명 서희가 건물로 들어가는 걸 봤는데. 다른 사람을 착각한 걸까. 다시 불러볼 엄두가 나지 않았다. 비정상적으로 고요한 적막은 압도적이었다. 더 크게 목소리를 내면 뭔가가 깨져버릴 것 같았다. 그냥 이 모든 게 꿈 같았다. 만일 꿈이라면 깨고 싶지 않았다. 여기서 깨버리면 세 개의 수열에 숨겨진 비밀을 영원히 풀지 못한다. 서희와의 인연이 허무하게 끊어져버렸듯이. 나는 조용히 현관문을 열고 안으로 들어갔다.

집 안은 어두웠다. 가구는 몇 안 되는데 책 더미가 여기저기 쌓여 있는 것이 눈에 띄었다. 창문을 완벽히 가린 커튼 덕분에 살짝 열려 있는 욕실 문틈으로 새어 나오는 불빛이 선명하게 보였다. 내가 지금 무슨 짓을 하고 있는 거지? 다른 사람 집에 몰래 들어와서는. 이건 범죄다. 꿈에서 본 세 개의 수열 때문에 여기까지 왔다고 하면 믿어줄 사람이 있을까.

하지만 나는 멈출 수 없었다. 나를 여기까지 끌고 온 게 무엇이든 그 끝을 보고 싶었다. 우연일 리는 없다. 그건 확률적으로 불가능하다. 꿈에서 숫자 세 줄을 보고 그걸 통해 내가 여기까지 온 데는 반드시 이유가 있다. 무엇보다 포기하기 싫었다. 여기서 나가면 돌아갈 곳은 고시원 쪽방뿐이다. 논리적으로 설명할 수도 없는 끈을 붙잡고 여기까지 온 건 그만큼 나를 질식시키는 현실에서 도망치고 싶었기 때문이다. 그토록 탐닉했지만 아무런 쓸모도 없었던 자각몽이 나를 끌어올리는 탈출구가 될지도 모른다는 생각은 너무도 달콤했다.

나는 서서히 욕실 쪽으로 다가갔다. 물소리는 들리지 않았다. 인기척도 느껴지지 않았다. 끼익, 문소리가 유난히 크게 들렸다. 문을 열고 안을 조심스럽게 들여다본 그 순간, 온몸의 피가 거꾸로 솟는 것 같았다.

그곳에 장서희가 있었다. 핏기 하나 없이 새하얀 얼굴로 커튼이 쳐진 욕조 앞에 비스듬하게 기대앉아 있었다. 그리고 비릿한 피 냄새. 서희의 왼쪽 팔목에서 흘러나온 새빨간 피가 욕실 바닥에 가득했고, 오른손에는 날카로운 커터칼이 들려 있었다.

～～

정신을 차려보니 나는 계단에 쭈그리고 앉아 있었다. 어떻게 걸어 나왔는지는 기억나지 않았다. 나는 지금 꿈을 꾸고 있는 걸까. 이 모든 게 꿈이어야 말이 될 것 같은데. 하지만 분명히 꿈은 아니었다. 꿈이기를 간절히 바랐지만 야속하게도 꿈이 아니었다.

장서희가 죽었다. 그 말을 계속 머릿속에서 되뇌면서도 그게 무슨 의미인지 깨닫지 못했다. 정말 죽었을까? 순간 정신이 번쩍 들었다. 휴대폰을 꺼내 통화 버튼을 누르려다가 내가 이미 119에 신고했다는 사실이 기억났다. 통화 내역도 분명히 남아 있었다. 안도함과 동시에 갑자기 등골이 서늘해졌다. 지금 이게 무슨 상황이지?

나는 칠 년 동안 아무런 연락도 없던 사람을 갑자기 찾아와 멋대로 비밀번호를 누르고 집 안에 들어갔다. 우연히도 그곳에서 죽은 사람을 발견했다. 우연히도? 대체 누가 그 말을 믿어줄까. 어떤 식으로든 서희의 죽음과 나의 방문이 연관되어 있을 거라고 생각하는 게 당연하다. 적어도 꿈에서 로또 번호를 보고 찾아왔다는 설명보다는 훨씬 설득력 있다.

서희가 살아난다면, 살아나서 나의 결백을 증명해준다면 천만다행이다. 그래, 분명히 그럴 거다. 세 줄의 숫자를 따라 여기까지 온 건 장서희를 살리기 위해서였다. 그래야 말이 된다. 논리적으로는 아무리 생각해도 말이 되지 않았지만 그냥 그렇다고 믿고 싶었다. 장서희가 살아나기만 한다면 모든 게 해결된다. 여전히 내 행동을 설명할 수는 없겠지만 어쨌든 사람이 살았으니 그걸로 만족할 수 있다.

그런데 만일 장서희가 죽는다면, 이미 죽었다면 어떻게 되는 걸까. 그럼 모든 게 엉망이 된다. 아냐. 냉정하게 생각하자. 장서희가 살았다면 더 이상 내가 할 일은 없다. 하지만 죽었다면? 이대로 앉아 있으면 억울하게 누명을 쓰게 될 것이다. 장서희가 죽었어도 나는 살아야 한다. 장서희가 죽었다는 가정하에 이 상황에서 벗어날 수 있는 행동을 생각해내야 한다. 침착하자, 그리고 생각하자. 넌 할 수 있잖아. 어떤 상황에서도 신중히 고민하고 판단하는 게 네 자랑이었잖아. 논리적으로, 수학적으로, 확률적으로.

차라리 도망갈까? 이미 내 휴대폰으로 신고했으니 그럴 순 없다. 집 안에 들어갔던 것만이라도 숨겨야 할까. 내가 뭐라고 신고했지? 안에서 무슨 소리가 들리는 것 같아서 걱정돼서 신고했다고 할까? 현관 도어락과 문손잡이에 묻은 지문만 지우면 그냥 자살로 종결되지 않을까? 실제로도 자살이겠지. 적어도 내가 죽이지 않았다는 건 확실하니까. 정말 확실한가? 무슨 생각을 하는 거야! 정신 차려! 난 장서희를 죽이지 않았다. 그건 확실하다. 들어가지 않았다고 발뺌하는 것도 말이 안 된다. 그것도 확실하다.

모든 걸 사실대로 말하면 속은 편하겠지. 아무도 안 믿겠지만. 그리고 내 진술을 뭉개버릴 그럴듯한 논리를 만들겠지. 그게 뭐든 내 주장보다는 말이 될 거고. 안 된다. 그렇게 둘 순 없다. 내 행동을 설명할 수 있는 논리를 내가 만들어야 한다.

내가 머리를 감싸 쥐고 무너져 있는 사이 구급차가 도착했다. 대원 하나는 나를 붙잡고 무언가를 물어보고 다른 사람들은 집 안으로 뛰어 들어갔다. 현관문이 닫히지 않도록 끈 없는 운동화 한 짝이 끼워져 있었다. 대원들이 들쳐 업고 나온 서희의 팔에 그 끈이 단단히 묶여 있는 게 보였다. 내가 한 걸까? 기억이 나지 않는다.

그때까지도 나는 넋을 놓고 계단에 앉아 있었다. 물속에 빠진 듯 아무 소리도 들리지 않았다. 구급대원들은 뭔가 속닥이더니 나를 달래 구급차에 태웠다. 그러고는 병원에 도착할 때까지 아무 질문도 하지 않았다. 환자나 자신에게 위해를 가하지 않을까 경계하는 눈치였다. 나는 적극적으로 해명할 기력조차 없어 그저 반복적으로 들리는 사이렌 소리와 구급차 안을 가득 채운 무거운 위화감에 짓눌려 있었다. 병원으로 가는 내내 내가 할 수 있는 일은 그저 이 말도 안 되는 사건을 다른 사람에게 설명할 논리를 만들어내는 것뿐이었다.

어떻게 집에 들어갔느냐가 가장 문제다. 서희가 쓰러져서 현관문을 열어줄 수 없는 상황이었으니 나는 직접 열고 들어가야 한다. 그러려면 비밀번호를 알아야 하는데, 꿈에서 본 숫자를 통해 알아냈다고 말한들 믿어줄 리가 없다. 나조차도 왜 그 숫자로 문이 열린 건지 이해할 수 없으니까.

서희가 비밀번호를 알려줄 만한 사이. 우리는 그런 사이여야 한다. 이를테면 연인 관계 같은. 하지만 우리 사이에는 통화 내역이 없다. 사귀는 사이에 통화 내역이 없다는 것은 말이 안 되니까 헤어진 것으로 하자. 통화 내역이 얼마나 오래 보관되는지는 모르겠지만 만일을 위해 그냥 칠 년 전에 사귀다 헤어진 것으로 하면 어떨까? 그럼 이제 칠 년 전에 사귀다 헤어진 상대의 집 비밀번호를 아직까지 기억하고 있다가 갑자기 찾아간 이유를 만들면 된다. 그런 이유가 있을 수 있을까? 무심코 주머니에 찔러 넣은 손에 바스락거리는 종이 한 장이 만져졌다.

지난주에 산 로또 영수증이다. 영수증에는 발행일과 추첨일, 로또 번호가 기록되어 있다. 머릿속이 번득였다. 얼마 전 나는 우연히 소지품을 정리하다 오래된 로또 영수증을 발견한다. 제680회 로또, 추첨일 2015년 12월 12일, 당첨 번호 4, 10, 19, 29, 32, 42. 칠 년 전 장서희와 애인 사이였던 나는 장서희의 집 비밀번호로 로또를 샀다. 우연히 발견한 영수증을 보고 나는 장서희를 기억해낸다. 오랜만에 다시 만나고 싶은 마음에 혹시나, 하며 그 집에 찾아간다. 그리고 자기 집으로 들어가는 장서희를 발견한다.

뒤따라가 벨을 눌러보았지만 대답이 없다. 나는 불길한 느낌을 받고 예전 비밀번호를 눌러본다. 문이 열린다. 그다음은 내가 겪은 그대로다. 욕실에서 장서희를 발견하고 119에 신고한다. 내가 구급차를 타고 오는 내내 제정신이 아니었던 것은 너무 큰 충격을 받았기 때문이다.

좀 억지스럽긴 하다. 하지만 나는 로또 당첨 번호를 기억하고 있다. 4, 10, 19, 29, 32, 42. 이렇게 오래된 로또 당첨 번호를 기억하고 있는 이유는 칠 년 전의 로또 영수증을 재미로 맞춰보기 위해 당첨 번호를 검색해보았기 때문이다. 칠 년 만에 옛 애인을 찾아갔는데 마침 그때 욕실에 쓰러져 있는 걸 발견한다는 우연을 설명할 길이 없지만 어쩌란 말인가. 적어도 꿈에서 본 비밀번호를 누르고 들어갔다는 것보단 설득력 있다. 물론 허락도 없이 집에 찾아가서 문을 열고 들어간 것 역시 범죄지만 살인죄를 덮어쓰는 것보다는 낫다.

구급차는 벌써 병원에 거의 도착했다. 이보다 더 나은 논리를 만들어낼 시간이 없다. 서희가 살아난다면? 내 거짓말이 모두 들통나겠지만 적어도 서희가 나를 범인으로 지목하지는 않을 것이다. 공무집행방해나 가택 침입 같은 게 적용될지는 몰라도 살인은 아니니까. 그럼 그 로또 영수증은? 버렸다고 하면 된다.

　나는 주머니에 넣은 손으로 영수증을 꼬깃꼬깃 구겨 동그랗게 만들었다. 병원에 도착하여 구급차에서 내리면서 몰래 조그만 종이 뭉치를 차 밑으로 슬쩍 던져 넣었다. 그때 한 남자가 병원으로 들어가는 내 앞을 막아섰다.

　"잠시만요. 환자 보호자 되십니까?"

3. 뜻밖의 연결

"이세진 씨 되시죠?"

병원에서 날 기다리고 있던 사람은 형사였다. 내 나이 또래에 어딘가 낯익은 얼굴이라 혹시 아는 사람인가 싶었지만 아니었다. 그 사람은 자신을 서대문서 형사과의 김준호 순경이라고 소개했다. 김 형사는 잠시 조사할 것이 있으니 서로 동행해달라고 정중하게 부탁했다.

"형식적인 조사니까 너무 걱정하지 않으셔도 됩니다. 충격이 크실 텐데 일단 마음을 좀 가라앉히시죠."

경찰서로 가는 동안 김 형사는 귀에 꽂은 검은색 블루투스 이어폰으로 계속 누군가와 통화를 했다. 투덜대는 말투로 조 형사님이라고 부르는 걸로 봐서 파트너인 모양이었다. 김 형사는 통화가 끝난 뒤에도 이어폰을 빼거나 내게 말을 걸지 않았다. 그저 묵묵히 운전만 했다. 시큼한 땀 냄새가 차 안에 가득했다. 김 형사가 재킷 안에 받쳐 입은 쥐색 티셔츠가 땀에 흠뻑 젖어 있었다. 연락을 받고 급히 출동한 모양이었다.

경찰서에 도착하자 김 형사는 자리에 앉아 내 신상 정보와 사건 경위를 묻기 시작했다. 하루에도 수십 번씩 같은 일을 하는 사람같이 기계적으로 질문하고 답변을 받아 적는 모습은 정말로 형식적인 조사처럼 보였다. 서희의 집에 찾아간 경위에 대해서 진술할 때도 그저 내가 말하는 대로 받아 적을 뿐이었다. 말도 안 된다고 추궁하면 어쩌나 걱정한 게 무색할 정도였다.

"일단 기초 조사는 끝났습니다. 아마 조 형사님이 몇 가지 더 물어보실 텐데 그냥 지금처럼 대답해주시면 됩니다."

"조 형사님이요?"

"네. 금방 오실 거예요. 식사 안 하셨죠? 뭐 좀 시켜드

릴까요?"

"아뇨, 아뇨. 지금 뭘 먹기가."

"편하게 계세요, 편하게. 죄지은 게 없는데 겁먹을 필요 없잖아요, 그죠?"

"아, 네. 감사합니다."

"그런데 휴대폰하고 소지품은 좀 맡겨주셔야 해요. 규정이 그래서."

영수증을 미리 버린 게 천만다행이었다. 김 형사는 휴대폰과 지갑을 받아 들고 어디론가 사라졌다. 금방 온다던 조 형사라는 사람은 소식이 없었다. 한쪽 구석에 있는 소파에 앉아 멍하니 벽시계만 바라보며 두 시간쯤 보내고 난 후에야 김 형사가 다시 나타나 나를 어디론가 데려갔다. 영화에서나 보던 취조실이었다. 그제야 나는 내가 그저 형식적인 조사를 받기 위해 이곳에 온 게 아님을 깨달았다.

"이세진 씨, 지금 장서희 씨 상태 궁금해요?"

나이가 좀 들어 보이는 형사가 느닷없이 질문을 던졌

다. 그러고는 차가운 표정으로 내 눈을 날카롭게 주시했다. 내가 어리둥절해하자 형사가 다시 말했다.

"서대문서 형사과 조동휘 경위입니다. 제가 지금 장서희 씨 집과 병원에 다 갔다 왔다고요."

여전히 내가 어안이 벙벙하여 아무 말도 하지 못하자 형사는 자세를 고쳐 앉으며 내 쪽으로 몸을 기울였다.

"그러니까 이세진 씨 설명에 따르면 장서희 씨는 칠년 전에 사귀다 헤어진 애인이고, 갑자기 다시 보고 싶은 마음이 들어 집에 찾아갔는데 욕실에서 손목을 그은 채로 발견되었다. 이세진 씨가 119에 신고하여 병원으로 이송되었는데, 구급대원 증언에 따르면 이세진 씨는 장서희 씨 옆이 아니라 집 밖 계단에 앉아 있었고 지금 모습을 보면 장서희 씨의 생사에 대해서도 적극적으로 알고 싶어 하지 않는단 말입니다."

궁금하지 않은 건 아니었다. 서희가 살아야 내 누명도 풀리니까. 아니 무엇보다 사람이 살아야 하니까. 상관없다고 생각했다면 그렇게 정신이 없는 와중에 운동화 끈으로 지혈을 하지도 않았을 거다. 아무래도 서희가 죽었다면 어떻게 행동해야 하는지 고민하는 데 너무 깊게 빠져 있었나 보다. 어설픈 연기로 형사를 속이는 것은 애초에 무리였는지도 모른다. 항상 그렇다. 내가 아무리 머리를 굴려도 결과는 늘 이 모양이다.

"아, 아뇨. 궁금합니다. 상태가 어떻습니까?"

내가 들어도 어색한 말투였다. 조 형사는 팔짱을 끼고 몸을 다시 뒤로 제껴 의자에 기대며 말했다.

"아직 의식이 없어요. 피를 너무 많이 흘렸습니다. 장서희 씨의 손목은 현장에서 발견된 커터칼로 한 번에 깊게 그어졌습니다. 자살에서 흔히 보이는 주저흔이 없어요. 자기 손목을 한 번에 깊게 긋는 경우는 거의 없단 말이죠. 망설이다가 여러 번 실패하는 게 보통입니다. 저항한 정황은 별로 없지만 방을 자세히 살펴보니 희미하지만 몸싸움이 벌어진 흔적들이 있더군요. 뒤에서 기습했다면 가능합니다. 손목의 상처와 출혈량으로 봤을 때 손목이 그어진 시간은 이세진 씨가 신고한 시간과 거의 일치합니다."

"말도 안 됩니다! 제가 그런 게 아니에요!"

"이세진 씨가 범인이라고 단정한 적 없습니다. 하지만 이제 혐의를 벗으려면 반드시 솔직하게 증언하셔야 한다는 것 정도는 납득하시겠죠? 사생활과 연관되어 밝히고 싶지 않은 부분이 있을 수도 있다는 건 이해합니다. 묵비권을 행사하실 수도 있지만 그 자체가 불리하게 해석될 수 있다는 점은 아셔야 합니다. 필요하시면 변호사를 선임하시고 진술에 도움을 받으셔도 됩니다."

조 형사는 그렇게 말하고는 다시 한 번 나를 지긋이 노려보았다. 뭔가 불만에 가득 찬 눈빛이었다. 나는 도대체 뭐라고 대답해야 할지 알 수 없었다. 어설프게 거짓말을 꾸며 댄 자신이 너무 한심하게 느껴졌다. 내가 바꿀 수 있는 현실은 아무것도 없다. 아무리 애쓰고 노력해봐야 세상은 철로 위를 달리는 기차처럼 고집스럽게 제 방향으로 나아갈 뿐이다. 이제라도 모든 걸 사실대로 말하면 현실이 좀 더 나은 방향으로 바뀔 수 있을까? 이미 모든 게 엉망진창이 되어버렸는데. 쉽게 입을 열지 못하고 있는 나를 보며 조 형사는 길게 한숨을 내쉬었다.

"자, 현재까지의 정황으로는 충분히 당신을 범인으로 의심할 수 있습니다. 만일 현장에서 다른 사람을 보았거나 흔적을 발견했다면 지금 여기서 다 말씀해주셔야 혐의를 벗을 수 있어요. 이세진 씨, 신고 약 삼십 분 전부터 구급차가 도착할 때까지 현장에 머무르신 게 맞죠? 그동안 다른 사람이 장서희 씨 집을 드나드는 걸 본 적이 있습니까?"

"아뇨. 못 봤습니다."

"집에 들어가서 욕실에서 쓰러진 장서희 씨를 발견하고 밖으로 나올 때까지 집 안에서 다른 사람이나 그 흔적을 본 적이 있습니까?"

"다른 사람은 못 봤습니다. 흔적은… 잘 모르겠습니다."

"장서희 씨 집에 들어간 건 현관을 통해서다. 벨을 눌러도 대답이 없어 비밀번호를 직접 누르고 들어갔다. 그런데 비밀번호를 알고 있는 경위가, 뭐 이렇다. 자, 다시 물어볼게요. 장서희 씨하고는 어떤 사입니까? 헤어진 애인 사이가 맞습니까?"

"…네. 맞습니다. 진술한 대로입니다."

"그래요? 그럼 그 제680회 로또 영수증은 가지고 있습니까? 보여줄 수 있어요?"

"아뇨. 버렸습니다."

"이 사람 정말 안 되겠군."

조 형사는 애초에 내가 현관으로 들어가는 대신 배관을 타고 2층까지 기어올라 창문을 통해 장서희의 집에 들어갔다고 생각하고 있었다. 창문 위치에는 CCTV가 없지만 건물 주위를 살피는 내 모습이 주변 CCTV에 찍혀 있었으며 배관에는 누군가 기어 올라간 흔적이 남아 있었다. 나는 장서희가 욕실에 들어간 틈을 타서 창문을 열고 방에 침입한 뒤 뒤에서 목을 졸랐으며 기절한 장서희의 손목을 그었다.

"그런 뒤에 119에 신고하고 장서희 씨의 팔을 운동화 끈으로 묶어 지혈까지 했다. 맞죠?"

"말이 안 되지 않습니까? 제가 죽이려고 했다면 왜 그랬겠습니까?"

"그럴 수 있어요. 처음부터 죽일 생각은 아니었을 겁니다. 그냥 아무 계획 없이 침입했을 수도 있어요. 그런데 정작 들키니 목을 졸라 기절시키고, 그 사실을 숨기기 위해 자살로 위장하려 하고, 다시 그 사실을 숨기기 위해 살리려 시도하고. 그다음에는 옛 애인이라는 핑계를 대는 거죠. 거짓말이 거짓말을 부르는 겁니다. 그건 이상하지 않아요. 칠 년 만에 옛 애인을 찾아갔는데 하필 그날 그 사람이 자살을 시도했다는 게 이상한 거죠."

내 거짓말이 어설펐던 건 사실이다. 하필이면 내가 찾아간 그 시간에 서희가 쓰러져 있었던 건 내가 생각해도 이상하니까. 하지만 조 형사의 추리가 틀린 것도 사실이다. 어쨌든 나는 분명히 현관으로 들어갔으니까.

"전 분명히 현관으로 들어갔습니다. 비밀번호를 알고

있는데 왜 굳이 창문으로 들어갑니까? 그건 안 이상합니까?"

"비밀번호, 아직 기억해요?"

"9512212437."

조 형사는 조금 의외라는 표정으로 나를 노려보았다. 그러더니 고개도 돌리지 않고 옆에 서 있던 김 형사에게 지시했다.

"가서 확인해봐."

"네. 알겠습니다."

"오늘은 여기까지만 하시죠."

조 형사는 나를 돌려보낼 생각이 없어 보였다. 나를 유치장으로 데려가며 김 형사가 속삭였다.

"원래 좀 깐깐하세요. 최대 48시간이니까 그때까지만 참으시죠. 혐의가 풀리면 그 전에 나가실 수도 있고요."

"저 정말 아닙니다. 정말이에요."

"일단 기다려보시죠."

유치장에 다른 사람이 없는 게 그나마 다행이었다. 심

지어 고시원 쪽방보다 넓었다. 철창 문을 잠근 뒤 김 형사는 딱딱한 침대 위에 주저앉아 있는 내게 인사했다.

"좋은 꿈 꾸세요."

이 모든 게 꿈이라면 얼마나 좋을까. 정말 말도 안 되는 하루였다. 꿈보다도 더 현실감이 없었다. 이대로 자고 일어나면 오늘 일어난 일들이 다 사라져버리기를 간절히 바랐다. 시간을 되돌리고 싶다. 하루 전, 일주일 전, 칠 년 전, 아니 될 수 있으면 최대한 먼 과거로.

⌣

문득 정신을 차려보니 나는 전철 의자에 앉아 있다. 어디로 가는 중이었는지 모르겠다. 다음 역은 신도림, 신도림역입니다. 그래 맞아. 나는 신촌역으로 가야 한다. 전철에서 내려 2호선으로 갈아타려는데 길을 찾을 수가 없다. 계단을 내려가도 계속 미로처럼 생긴 갈림길이 연이어 나타난다. 멀리 계단 아래쪽에서 지하철 들어오는 소리가 들린다. 저걸 꼭 타야 해. 빨리 가서 장서희가 살해되는 걸 막아야 해.

까마득히 아래로 내리뻗은 계단으로 몸을 던진다. 내 몸은 달에서 유영하듯 천천히 떨어지며 수십 개의 계단을 한달음에 지나 사뿐히 바닥에 내려앉는다. 지하철은 만원이다. 문이 열렸는데 비집고 들어갈 틈이 없다. 나는 사람들 사이로 몸을 욱여넣는다. 반밖에 들어가지 않았는데 지하철 문이 닫히기 시작한다. 결국 나는 허리가 걸린 채 옴짝달싹하지 못한다. 그 상태로 지하철이 출발한다. 나를 매단 지하철이 엄청난 속도로 좁은 터널을 향해 돌진한다. 나는 비명을 지른다.

～

아직 흐린 눈에 누군가 창살을 두드리는 모습이 보였다. 꿈속에서 들었던 덜컹거리는 지하철 소리와 쇠창살 소리가 뒤섞여 머릿속을 흔들었다. 내가 지금 여기서 뭘 하고 있는 거지. 어서 장서희를 구하러 가야 하는데. 흐린 시야 너머에서 김 형사가 유치장 문을 열고 내게 손짓했다. 억지로 몸을 일으키다 비틀거리던 나는 얼른 다가온 김 형사의 도움으로 겨우 중심을 잡았다.

"악몽을 꾸셨나 봐요."

"네."

"꿈에서조차 행복하지 못한 건 참 슬픈 일이죠, 안 그렇습니까?"

위로인지 놀리는 말인지 모르겠다. 대답할 기운도, 정신도 없어서 그냥 고개를 끄덕였다. 김 형사에게 이끌려 도착한 곳은 어제 그 취조실이었다. 조 형사는 어딘가 불편한 얼굴로 팔짱을 끼고는 내가 들어오는 모습을 매섭게 지켜보고 있었다. 나는 여전히 잠에서 완전히 깨어나지 못한 채 서희를 구하러 가야 한다는 생각뿐이었다.

"저… 서희는 어떻게 됐나요? 괜찮은 겁니까?"

순간 조 형사가 무서운 눈으로 나를 노려보았다. 눈썹이 살짝 떨리는 게 보일 정도였다. 침묵은 생각보다 길었다. 김 형사가 나를 끌어다 의자에 앉히자 비로소 조 형사는 표정을 풀고 예의 그 차가운 표정으로 돌아와 말을 꺼냈다. 말하면서 상대방을 계속 주시하는 것은 여전했다.

"이세진 씨 밤새 연습 많이 하셨나 보네요. 뭐 그럴 필요 없습니다. 장서희 씨 의식 돌아왔고요, 자해한 것으로 진술했습니다. 스스로 손목을 그었다는군요. 이유에 대해서는 언급하지 않았습니다. 다만 자살을 시도한 것은 후회하고 있답니다."

살았구나. 다행이다. 그제야 진심으로 마음이 놓였다. 서희를 구했으니 거짓말한 게 들켜서 벌을 받는다 해도 상관없을 것 같았다. 조 형사가 말을 이었다.

"이세진 씨에 대해서도 진술했습니다. 예전에 사귀었던 사실 인정했고요, 집에 들어와 자신을 발견하고 신고했다는 점에 대해 놀라긴 했지만 무단으로 집에 들어온 건 문제 삼지 않겠답니다. 오히려 목숨을 구해줘서 감사하다고 전해달라는군요."

뭘 인정했다는 건지 금방 이해가 가지 않았다. 조 형사가 벌떡 일어나며 내게 손을 내밀었다. 나는 얼떨결에 그 손을 맞잡았다.

"범인으로 몰았던 것은 사과드리겠습니다. 하지만 현장 상황과 이세진 씨 진술로 봤을 때 합리적인 의심이었다는 점은 인정하실 것으로 믿습니다. 이만 돌아가셔도 좋습니다. 추후 사건 정리를 위해 사실 확인차 연락을 드릴 수도 있으니 가급적 연락이 닿는 곳에 머물러주시면 감사하겠습니다. 장서희 씨를 만나시는 건 상관없지만 오해를 살 수 있는 행동은 삼가주시기 바랍니다."

조 형사의 말은 거의 협박조였다. 하지만 나는 거기까지 신경 쓸 여유가 없었다. 꼼짝없이 살인범으로 몰렸다가 갑자기 풀려나게 된 것도 어리둥절했지만 장서희가 나와 사귀었다는 걸 인정했다는 말은 더더욱 이해할 수 없었다. 혹시 나를 민태로 착각한 건가? 자기 말을 듣는 둥 마는 둥 하는 내 모습을 보며 조 형사는 괜히 김 형사에게 화풀이를 했다.

"그 이어폰, 경찰서 안에서도 꼭 하고 다녀야 하나? 귀를 그렇게 막고 다니면 내 말이 들려?"

"항상 조 형사님과 전화로 연락하다 보니 습관이 됐나 봅니다. 거슬리시면 빼겠습니다."

김 형사는 조 형사의 짜증을 대수롭지 않게 넘겼다. 조 형사는 영 마음에 들지 않는다는 표정을 지으며 혀를 찼다. 김 형사는 멍하니 서 있는 내 팔을 붙잡고는 취조실 밖으로 이끌었다.

"조 형사님이 실적은 좋은데 좀 개인 플레이를 하시는 경향이 있어서요, 일단 한번 꽂히면 규정이고 뭐고 신경 안 쓰십니다. 안됐지만 꽤 귀찮아지실지도 모르겠습니다. 혹시 너무 심하다 싶으면 저한테 연락 주세요. 아 그리고, 이거 챙겨 가셔야죠."

김 형사가 휴대폰과 지갑을 내게 돌려주며 슬쩍 웃었다. 그렇게 웃는 얼굴을 분명 어디선가 봤다는 생각이 들었다.

"혹시 우리 어디서 만난 적이 있나요?"

"아뇨. 그럴 리가요. 꿈에서 보신 거 아닙니까? 참, 밖에 친구분이 기다리고 계십니다. 이세진 씨 건으로 잠시 조사를 받으셨거든요. 주차장에서 기다리신다더군요."

딱히 친구라고 할 만한 사람이 있을 리 없는데, 의아해하며 경찰서를 나섰다. 주차장에 서 있던 차에서 누군가 고개를 내밀었다. 민태였다. 저 녀석이 어떻게 여기에… 아 그래. 며칠 전 받은 명함을 지갑에 넣어놨었지. 경찰서에서 내 소지품을 검사하다 발견하고 연락한 모양이었다. 낯선 사람과 기막힌 사건에 시달리고 난 뒤라서 그런지 녀석의 얼굴이 무척이나 반가웠다. 얼마 전 식당에서 쌀쌀맞게 대했던 게 후회될 정도였다.

"아침 안 먹었지? 일단 어디 해장국집이라도 가자. 아 참, 너 두부 먹어야 하는 거 아니냐? 하하."

언제나 걱정 없이 밝은 녀석이다. 사실 걱정이 있을 리가 없었다. 이제 번듯한 직장에 취업까지 했으니. 다니다가 맘에 안 들면 언제든지 때려치울 수도 있다. 대학 시절에는 인생을 멋대로 사는 민태가 좋았다. 나도 그랬으니까. 지금 생각하면 부끄러운 일이지만 그때 난 현실이 너무 우스웠다. 내게 중요한 건 오로지 꿈의 세

계였으니까. 그 시절엔 오히려 현실이 그냥 하루하루 살고 나면 없어지는 일회용품 같았다. 밤마다 마치 신대륙을 탐험하듯 꿈의 세계를 여행할 수 있었으니. 내 무용담을 들어주는 사람은 민태뿐이었다. 민태는 자각몽을 꾸는 나를 부러워했다.

동기들은 민태를 시기하고 나를 한심하게 보았다. 결국 난 이렇게 뒤처지고 말았으니까. 군대를 다녀오고 복학생이 되면서 나 역시 삶의 무게에 눌리고 말았다. 꿈의 세계와도 민태와도 점점 멀어졌다. 똑같이 멋대로 살았는데 우리 앞에 놓인 미래는 전혀 달랐다. 심지어 민태의 경우 멋대로 살며 만난 사람들조차 그대로 인맥이 되었다. 취업에 성공한 것도 그때 친해진 보안 솔루션 개발직 선배 덕분이었다니까. 하지만 내가 멋대로 살며 빠져들었던 꿈의 세계는 아무짝에도 쓸모가 없었다. 나는 그때 낭비했던 시간을 아직까지 다 복구하지 못하고 이렇게 허덕이며 살고 있다.

"나 깜짝 놀랐다. 네가 장서희 살인 미수 혐의로 조사

받고 있다고 해서. 경찰이 막 이것저것 물어보는데 뭐라고 대답해야 할지를 모르겠더라고. 대충 눈치로 맞추고 헷갈리는 건 그냥 모른다고 그랬어. 근데 너 칠 년 전에 장서희랑 사귀었다고 했다며? 왠지 아니라고 하면 안될 것 같아서, 좀 수상하기는 했는데 나한테 밝힌 적은 없다고 둘러댔어. 나 잘한 거냐?"

해장국을 먹는 동안 민태는 쉴 새 없이 자신이 조사받은 이야기를 늘어놓으며 나에게 질문을 퍼부었다. 대충 들어보니 내가 진술한 것에 어긋나는 얘기는 안 한 모양이었다. 역시 머리 좋은 녀석이었다.

"근데 정말 어떻게 된 거야? 너 진짜 장서희하고 뭔가 있었어?"

"어 뭐, 잠깐. 너한테 얘기하기는 좀 그래서."

나는 적당히 둘러댔다. 꿈에서 본 숫자를 따라 서희의 집에 갔다는 말은 하고 싶지 않았다. 아침 먹고 바로 출근해야 한다는 녀석에게 옛날처럼 꿈 얘기를 늘어놓는다고 생각하니 왠지 모를 열등감이 느껴지기도 했다. 민태는 아무렇지 않다는 듯 내 어깨를 툭 치며 말했다.

"야. 우리 사이에 그렇기는. 그리고 나 개하고 뭐 별거 없었어. 갑자기 친한 척하면서 달라붙길래 좀 잘해보려고도 했는데. 아우, 됐다. 다 지난 얘기 해봐야 뭐 하나? 어쨌든 최근에 다시 연락 온 거지? 장서희한테서."

이번에도 나는 그냥 고개를 끄덕였다. 민태가 어떻게 생각하든 상관없을 것 같았다. 사실대로 말하는 것도 적당히 둘러대는 것도 다 피곤했다. 민태는 그럴 줄 알았다는 듯이 인상을 찌푸리며 내게 잔소리를 늘어놓았다.

"뭐 어제 겪어봐서 알겠지만, 웬만하면 개랑 엮이지 마라. 이 형님이 또 사람 보는 눈은 있잖냐. 특히 세진이 너처럼 순진한 애는 이용당하기 딱 좋아. 하여튼 다 잊고, 종종 연락해. 밥 사줄 테니까. 옛날 얘기도 하고 그러자. 아, 그때가 정말 내 황금기였는데. 넌 어때? 요즘에도 자각몽 꾸냐?"

4. 진술을 유지할 것

　조 형사와 민태의 경고에도 불구하고 나는 서희를 만나야 했다. 꿈에서 본 숫자의 비밀을 풀 방법은 그것뿐이었으니까. 무엇보다 거짓말을 한 이유가 궁금했다. 왜 나와 애인 사이였다고 말한 걸까? 조 형사가 내게 말해준 증거가 모두 사실이라면 자살을 기도했다는 것 역시 거짓말일 가능성이 높았다. 게다가 면회 시간을 기다리며 의사가 보여준 차트에는 내가 보호자로 적혀 있었다. 다른 가족은 없다고 했다.

　"다행히 현재는 안정되었지만 피를 너무 많이 흘려서 정말 위험한 상황이었습니다. 좀 더 회복되고 나면 뇌 손상 여부도 검사해봐야 해요. 뇌는 워낙 민감한 기관이라서 지금 당장은 이상이 없어 보여도 생각지도 못한 부분에 손상을 입었을 수도 있습니다. 퇴원하고 나서도 계속 정기 검사를 받으셔야 합니다."

신신당부하는 의사를 뒤로하고 서희가 있는 병실로 올라갔다. 기분이 묘했다. 계단을 오르고 복도를 지나 병실로 가는 길이 서희의 집을 찾아가던 길과 겹쳐 보였다. 불과 며칠 전만 해도 내게 이런 일들이 일어날 거라고는 상상도 하지 못했다. 병실 앞에 멈춰 서서 문을 바라보았다. 당연히 도어락은 없었다. 떨리는 손을 겨우 들어 가볍게 노크했다.

서희는 비스듬하게 세운 침대에 기대앉아 있었다. 침대에 기댄 몸과 주사 바늘을 꽂고 있는 손의 각도가 욕실에서의 모습과 너무 비슷하여 흠칫 놀랐다. 하지만 오늘은 그때보다는 얼굴에 생기가 돌았다. 이렇게 직접 보니 목숨을 구한 것만 해도 천만다행이라는 생각이 들었다. 서희가 죽었을 거라고 단정짓고 빠져나갈 방법만 고민했던 내 모습이 새삼 부끄러웠다. 심지어 지금도 내

호기심 때문에 꿈의 비밀을 풀러 온 것이 아닌가. 내 두 눈을 똑바로 바라보며 생긋 웃는 서희의 모습에 나도 모르게 얼굴이 조금 붉어졌다.

다가가 말을 건네려는 순간, 서희는 이불 속에 넣고 있던 손을 꺼내 내가 볼 수 있도록 조금 내밀었다. 손에는 쪽지가 들려 있었다. 거기에는 문장 세 개가 번호까지 붙어서 쓰여 있었다.

「1. 진술을 유지할 것.
2. 꿈 얘기를 하지 말 것.
3. 아무도 믿지 말 것.」

"어서 와 세진아. 정말 반갑다."

쪽지를 보고 얼어붙은 듯 멈춰 섰던 나는 그 말에 다시 다가가 침대 옆에 놓인 의자에 앉았다. 의사의 말대로 방 안에 다른 보호자는 없었다. 하지만 서희는 마치 누가 훔쳐보고 있기라도 한 것처럼 서둘러 쪽지를 내 주머니 속에 밀어 넣었다.

　서희는 나를 정말로 오랜만에 만난 옛 애인처럼 대했다. 쪽지를 떠올리며 맞장구를 치다 보니 칠 년 전에 우리가 진짜로 사귀었던 건 아닐까 하는 착각이 들 정도였다. 차라리 마음이 더 편했다. 솔직히 병실에 들어오기 전까지는 뭐라고 말을 걸어야 하나 고민스러웠다. 조형사가 아직 나에 대한 의심을 거두지 않은 만큼 어떻게 행동하는 것이 안전할지도 생각해야 했다. 세 가지 원칙은 그런 고민에 대한 완벽한 해답이었다. 서희가 이렇게 행동하는 이유를 속 시원히 물어볼 수 없다는 게 아쉽기는 했지만.

　나는 거의 매일 서희를 찾아가 이야기를 나누었다. 진술을 유지하는 건 어렵지 않았다. 칠 년 동안 만나지 못한 건 사실이니 서로 자연스럽게 그동안의 이야기를 물어보면 그만이었다. 사귈 때의 이야기를 굳이 언급하지만 않으면 꾸며내지 않아도 되었다. 내 이야기는 특별할게 없었다. 군대에 다녀와서 복학하고, 졸업한 뒤 취직

할 스펙이 되지 않아 공무원 시험을 준비하고 있다는 게 끝이었다.

민태 얘기를 할 때는 조금 신경이 곤두섰다. 옛 추억을 나누다가 자연스럽게 민태의 이름이 나오면 나도 모르게 속에서 무언가 울컥 솟는 것이 있었다. 그게 열등감인지 질투심인지는 알 수 없었다. 하지만 그럴 때면 나는 내가 지금 서희의 옛 애인 역할을 연기하고 있는 것인지 아니면 정말로 서희를 좋아하게 된 것인지 혼란스러웠다. 서희는 나를 그냥 우연히 다시 만난 옛 애인 정도가 아니라 새롭게 사랑이 싹튼 상대처럼 대했다. 솔직히 기분이 나쁘지 않았다.

옛날 일들을 이야기하며 서희는 자연스럽게 자신의 가족에 대해서도 말해주었다. 고등학생 때 집에 불이 났는데, 그때 가족을 모두 잃었다고 했다. 학원에 있던 자신만 살아남았는데, 가까운 친척도 없어 그 이후로 줄곧 혼자 살아왔다고. 나는 크게 놀랐지만 원래 다 알고 있었다는 것처럼 애써 태연하게 서희를 위로했다. 서희는 담담한 표정으로 대답했다.

"괜찮아. 혼자 있는 것도 이젠 익숙해. 대학원에 간 이후로는 뭐 외로워할 시간도 없었어. 지하 창고까지 딸린 실험실이 있었는데 거기 틀어박혀서 연구만 했지."

"너는 심리학과였지? 어떤 걸 연구했어?"

"어디까지 설명해야 하나. 대충 기억과 뇌의 구조, 꿈 사이의 연관성과 관계에 대한 연구야. 야심 차게 시작하긴 했는데 하다 보니 질려서 대충 박사 학위 논문만 디펜스하고 그만뒀어. 지금은 상담심리사 쪽으로 일자리를 알아보고 있어."

"벌써 박사 학위를 땄구나. 대단하네…."

지난 칠 년간 나는 무엇을 이루었나. 또다시 몰려오는 자괴감을 겨우 눌렀다. 대신 꿈이라는 단어에 집중하기로 했다. 장서희가 보여준 쪽지에는 분명 꿈 이야기를 하지 말라고 적혀 있었지만 서희는 아무렇지 않게 꿈과 관련된 연구를 했었다고 말했다. 그렇다면 하지 말라던 꿈 이야기는 뭘 말하는 걸까? 내가 꿈 때문에 본인을 찾아갔다는 걸 알 리는 없고, 내가 자각몽을 꾼다는 사실을 알고 있었나? 우리가 그런 이야기를 한 적이 있었나? 궁금했지만 물어볼 수는 없었다.

서희를 몇 번 만나며 옛날 이야기와 요즘 이야기 사이를 여러 차례 맴돌고 난 후에야 나는 겨우 그날 밤의 일을 조심스럽게 꺼낼 수 있었다. **왜 자살하려고 했니?** 내가 묻자 서희는 고개를 저으며 나중에 자세히 이야기해주겠다고 말을 돌렸다. 다만 다시는 그런 일이 일어나지 않을 것이고 생명을 구해줘서 진심으로 고맙다며 내 손을 잡았다.

"다시는 그런 일을 겪고 싶지 않아. 네 도움이 꼭 필요해. 세진아, 도와줄 거지?"

그동안 연인처럼 대화를 나누기는 했지만 손을 잡거나 한 적은 없었다. 주사 바늘이 꽂혀 있는 손목은 아직 혈색이 돌아오지 않아 창백했지만 놀라울 정도로 따뜻했다.

꩜

조 형사가 전화를 걸어 만나자고 한 건 서희가 퇴원하기 며칠 전이었다. 의심했던 것이 미안하다며 밥이라도 한 끼 사겠다고 했지만, 물론 그 말을 믿지는 않았다.

만난 뒤 한동안은 그저 평범한 이야기를 나누었다. 이집 국밥 맛이 끝내준다는 이야기로 시작해서 일상 이야기를 할 때의 조 형사는 그냥 동네 아저씨 같았다. 순간순간 날카로워지는 눈빛은 여전했지만 말투는 부드러웠다. 적당히 유머 감각도 있었다. 편하게 이야기하다 보니 나도 모르게 그동안 몇 번이나 서희를 찾아갔는지, 몸 상태는 어떤지, 퇴원 날짜는 언제인지, 심지어는 요즘에 관계가 얼마나 발전했는지까지 다 이야기하게 되었다. 내가 순간 흠칫하자 조 형사는 그제야 본론으로 들어가려는지 헛기침을 하며 목소리를 가다듬었다.

"이거 하나는 확실히 합시다. 공식적으로 장서희 씨 자살 미수 사건은 종료되었어요. 하지만 나한테는 아닙니다. 난 세부 사항 하나하나까지 납득할 만한 그림이 그려지지 않으면 잠을 못 자는 성격이에요. 그래서 나는 비공식적인 수사를 계속 이어갈 생각입니다. 범인을 꼭 잡을 필요도 확실한 물증을 구할 필요도 없습니다. 내가 납득할 만한 스토리를 만들 수 있다면 난 만족합니다.

그런 스토리를 그리는 데는 디테일이 아주 중요합니다. 세진 씨가 한 진술들은 얼핏 허술해 보이지만 디테일이 살아 있어요. 그동안 전 세진 씨에 대해 많은 걸 조사했습니다. 칠 년 전 장서희 씨와 함께 수업을 들었던 것도 사실이더군요. 당시 같은 수업을 들었던 몇 사람이 두 사람이 사귀는 것 같았다는 증언을 하기도 했습니다. 그게 이세진 씨였는지 구민태 씨였는지 헷갈리기는 했지만요. 제680회 로또 번호도 맞더군요. 그 정도 디테일을 백지상태에서 급하게 만들어낼 수는 없는 법이죠.

수사의 기본은 누가 거짓말을 하는지 알아내는 겁니다. 장서희 씨가 내게 거짓말을 한 건 확실합니다. 자살이라니 말도 안 되죠. 자, 그럼 이세진 씨가 거짓말을 했느냐. 이 부분은 좀 판단하기가 어렵군요. 두 분이 칠 년 전에 알던 사이고 어떤 우연이 겹쳤는지 모르겠지만 갑자기 장서희 씨 집에 찾아가 목숨을 구해줬다고 칩시다. 그 부분은 세진 씨를 믿기로 하죠. 그런데….”

조 형사는 갑자기 말을 멈추고 잠시 내 눈을 바라보았다. 머릿속까지 꿰뚫어 보는 눈빛이었다. 나는 굳이 그 눈을 피하지 않았다. 피할 이유가 없다. 난 범인이 아니니까. 그것만큼은 확실하니까. 조 형사는 컵을 들어 물을 한 모금 마시고는 다시 말을 이어갔다.

“장서희 씨의 거짓말에 이세진 씨가 말려들고 있다는 느낌이 든단 말입니다. 장서희 씨, 예쁘더군요. 세진 씨가 장서희 씨를 감싸고 있다는 건 압니다. 하지만 조심하세요. 제 직감으로 볼 때 그 여자 아주 위험한 사람입니다. 세진 씨가 무고하다고 믿기 때문에 말씀드리는 겁니다. 전 제가 관련된 사건에서 무고한 희생자가 나오는 것을 원치 않습니다. 그래서 당분간 두 분을 지켜볼 생각입니다. 기분 나쁘실 수도 있겠지만 제가 두 분을 보호해드리는 거라고 생각해주세요. 어쨌거나 제 기준에서 범인은 아직 잡히지 않았고 전 경찰이니까요."

거짓말 같지는 않았다. 조 형사는 분명 서희를 의심하고 있었다. 그리고 나를 믿는다고 말했지만, 마지막에 건넨 말로 미루어 보아 나에 대한 의심을 완전히 거두지는 않은 듯했다.

"아, 그리고 장서희 씨 비밀번호는 바꾸시는 게 좋겠습니다. 칠 년이나 같은 비밀번호를 쓰는 것도 그렇지만, 무엇보다 자기 주민등록번호를 비밀번호로 쓰는 건 너무 위험하잖아요. 안 그렇습니까?"

9512212437. 1995년 12월 21일생. 비밀번호는 서희의 주민등록번호 일부였다. 정말 내가 서희와 사귀었다면 그 사실을 몰랐을 리 없겠지. 순간 당황하는 내 모습을 조 형사는 날카로운 눈으로 바라보았다. 그때 식당 문이 열리며 누군가가 들어왔다. 어딘가 낯이 익었다. 경찰서에서 봤던 김 형사였다.

"조 형사님, 왜 이렇게 연락을 안 받으세요?"

"나 찾아다닐 생각 말고 그 시간에 수사나 더 하라고

했을 텐데.”

“아무리 그래도 연락은 받으셔야죠. 그리고 자꾸 이렇게 종결된 사건에 시간 낭비하시는 거, 더 이상 눈감아드리기 힘듭니다. 이거 위에서 문제 삼으면 징계감이라고요.”

김 형사는 그렇게 말하며 나를 슬쩍 쳐다보았다. 조 형사가 너무 귀찮게 굴면 연락하라던 말이 생각났다. 조 형사가 김 형사를 노려보며 버럭 화를 냈다.

“종결? 누구 맘대로 종결이야. 그리고 너 내가 마음에 안 든다고 그 귀에 꽂은 것 좀 빼버리라고 몇 번을 말했어? 뭘 그렇게 듣고 다니는 거야?”

“형사님 몫까지 연락받으려니 방법이 있습니까? 저분은 이제 좀 내버려두고 현장에 가시죠. 폭력 사건 신고 들어왔습니다.”

조 형사는 유난히 김 형사에게 신경질적으로 굴었다. 둘 사이에 무슨 일이 있는지는 몰라도 덕분에 조 형사를 떼어낼 수 있다면 감사한 일이었다. 김 형사도 어딘가 기분 나쁜 구석이 있긴 했지만 적어도 귀찮게 하지는 않으니까.

～～

퇴원하고 며칠 지나지 않아 서희는 나를 집으로 초대했다. 아직 밖에서 만나기에는 몸이 힘들다는 이유였다. 서희에 대한 묘한 감정과는 별개로 조 형사와의 만남 이후 의심이 점점 커지는 건 어쩔 수 없었다. 특히 그날 밤 있었던 일에 대해서만큼은 무언가를 숨기고 있는 게 분명했다. 병원에서 몇 차례 만나면서도 유독 그 부분에 대해서는 말을 피했다. 역시 누군가가 서희를 공격한 걸까. 만일 나한테 그런 일이 있었다면 이사부터 갔을 텐데 사건이 있었던 그 집에 그대로 살고 있었다.

그래도 도어락은 신형으로 바꾸었다. 카드키도 사용할 수 있는 최신 모델이었다. 순간 비밀번호를 눌러보고 싶은 충동이 일었지만 그만두고 벨을 눌렀다. 밝은 목소리와 함께 금방 문이 열렸다. 화장을 살짝 해서인지 병원에 있을 때보다 훨씬 혈색이 좋았다. 아직 몸이 다 회복되지 않은 사람이라고 생각되지 않을 정도였다.

집 안은 뭔가 낯설었다. 아주 잠깐 어두운 방을 봤던 것뿐이라 기억이 확실하지는 않았지만 방의 분위기나 느낌이 전혀 달랐다. 몇 개 되지 않는 가구의 배치가 완전히 달라졌으며 벽지와 커튼 색도 바뀌었다. 도저히 같은 방이라고 생각할 수 없을 정도였다. 분위기를 바꾸고 싶은 마음은 충분히 이해가 가지만 이렇게 하느니 차라리 그냥 이사를 가는 게 낫지 않았을까?

넓지 않은 원룸에 서희와 단둘이 있으니 심장이 두근대기 시작했다. 둘만 있는데도 세 가지 원칙을 지켜야 하나? 만일 원칙을 지키지 않아도 된다면 우리 관계는 어떻게 되는 걸까? 가짜 연인이 아니라 그냥 칠 년 만에 만난 친구로 돌아가게 되려나?

그런 엉뚱한 생각을 하고 있을 때 벽에 걸린 화이트보드가 눈에 들어왔다. 그만 헛웃음이 나왔다. 보드에는 세 가지 원칙이 또박또박 그대로 적혀 있었다. 내가 보드를 확인하자 서희는 싱긋 웃으며 글씨들을 지웠다. 철저한 사람이다. 왜 이렇게까지 하는지 이해되지 않았다.

'그 여자 아주 위험한 여자입니다.'

순간 조 형사의 말이 떠올라 오싹해지며 살짝 소름까지 돋았다. 하지만 돌아서서 주방으로 걸어가는 서희의 모습은 도저히 내게 해코지할 사람으로는 보이지 않았다. 이상한 여자라는 생각 같은 건 조금도 하고 싶지 않았다.

"잠깐 앉아서 기다려. 내가 뭘 좀 만들었는데, 잠시만!"

서희가 가스레인지 위에 놓인 냄비의 뚜껑을 열자 식욕을 자극하는 냄새가 방 안 가득 퍼졌다. 설령 서희가 지금 당장 내 목을 조른다 해도 이 행복을 포기하고 싶지 않았다. 무엇이 진실인지는 중요하지 않았다. 지금은 진술을 유지하는 것이 원칙이고, 그 원칙은 너무나 달콤했다.

오늘 서희는 과거와 관련된 이야기는 하나도 하지 않

왔다. 연인들이 나누는 평범한 주제들로 대화를 이어갔다. 진술을 유지하기 위한 연기라는 생각이 들지 않을 정도로 자연스러웠다. 혹시 서희도 이 상황을 즐기고 있진 않을까, 나와 이런 관계를 유지하고 싶어서 원칙을 지키라고 요구하는 건 아닐까, 라는 엉뚱한 생각마저 들었다.

분위기 탓인지, 저녁 식사에 곁들여 마신 와인 때문인지 자꾸만 공중으로 붕 떠오르는 기분이었다. 서희의 웃음소리가 귓가를 계속 간질이는 것 같았다. 갑자기 서희가 내 어깨에 머리를 기댔다. 내가 지금 꿈을 꾸고 있나? 이건 분명 꿈이다. 이런 일이 현실에서 벌어질 리는 없으니까. 그렇게 생각하자 나도 모르게 서희의 옷으로 손을 가져가게 되었다. 꿈이라면 이 단추를 다 끌러내더라도 몇 겹이고 새로운 옷이 나타나겠지. 아니면 괴물로 변하거나. 꿈에서는 항상 그랬으니까.

하지만 이번에는 그러지 않았다. 내가 단추를 끌러내자 서희의 옷은 바닥으로 떨어졌고 하얀 피부가 그대로 드러났다. 처음에는 그 의미가 금방 와닿지 않았다. 지금 이 상황이 꿈이 아니라는 걸 깨닫기까지는 조금 시간이 걸렸다. 서희가 내게 요구했던 연기에 이런 것까지 포함되어 있지는 않을 거란 생각에 나는 크게 당황하고 말았다. 무언가 변명을 늘어놓으려 하자 서희는 갑자기 내게 거칠게 달려들며 옷을 잡아 뜯었다. 웃옷에서 단추 몇 개가 떨어져 나가 바닥을 굴렀다.

서희는 나를 끌어안으며 바닥으로 쓰러뜨렸다. 그러고는 옷을 벗기 시작했다. 눈을 감았지만 소리만으로도 충분히 상상할 수 있었다. 어쩔 줄 모르고 굳어 있는 내 귀에 서희의 입술이 닿았다. 그리고 나지막이 속삭이는 소리가 들렸다.

"우리 도청당하고 있어."

5. 꿈의 탐색

　혹시 내가 다른 소리를 낼까 봐 서희는 손으로 내 입을 막고 있었다. 쪽지로 행동 지침을 알려줄 때부터 이상하다는 생각은 했다. 하지만 서희와 관련된 것 중 이상하지 않은 건 하나도 없었다. 그래서 그냥 지침에 맞춰 행동했다. 만일 정말로 도청당하고 있는 거라면 서희의 행동은 말이 된다. 그건 서희가 나를 대하는 태도가 철저히 연기라는 뜻이기도 하다. 붕 떠 있던 마음이 서늘하게 가라앉았다.

　잠시 후 서희는 한쪽 눈을 찡긋하더니 갑자기 신음 소리를 내기 시작했다. 소리만 들으면 우리가 격렬하게 몸을 섞고 있다는 걸 의심하기 힘들 것 같았다. 애초부터 그게 서희의 목적이었을 거란 생각이 문득 들었다. 아주 확실하게 진술을 유지하는 방법이니까. 하지만 차마 서희를 따라 소리를 내며 연기할 엄두는 내지 못했다. 그냥 옆에 누워 신음을 듣고 있는 동안 온갖 착잡한 생각이 머릿속을 휘저었다.

서희의 말이 사실이라면 대체 왜 도청을 당하고 있을까. 스파이라도 되는 걸까. 나는 서희에게 이용당하고 있는 게 아닐까. 만일 사실이 아니라면? 도청당하고 있다고 믿는 건 정신 질환의 증상 중 하나다. 그런 증상은 자살 시도로 이어지기도 한다. 서희는 병을 앓고 있는 걸까. 서희가 나에게 보여주고 있는 이 달콤한 모습이 모두 병증인 걸까. 그러면 난 또 어떻게 해야 하나. 내 표정을 보았는지 서희는 조용히 손을 뻗어 내 손을 잡아주었다.

서서히 절정으로 치닫던 신음이 마침내 끝나고 서희가 긴 숨을 몰아쉬었다. 그러고는 천천히 눈을 떠 나를 바라보았다. 이루 말할 수 없는 감정이 뒤섞인 눈이었다. 착각일지도 모르지만 나는 그 눈에서 처음으로 서희의 진짜 모습을 본 것 같았다. 그제야 서희의 벗은 몸이 눈에 또렷이 들어왔다. 상기된 내 얼굴을 향해 서희의 입술이 서서히 다가왔다. 그 입술은 내 입술을 살짝 스치고 지나가며 다시 속삭였다.

"먼저 씻고 나와. 설명해줄게."

몸을 씻고 나오자 서희가 갈아입을 옷을 건넸다. 여자 옷이긴 했지만 워낙 크고 무난한 디자인으로 나온 옷이라 입을 만했다. 서희가 씻는 동안 방 안을 둘러보다가 화이트보드에 뭐라고 쓰여 있는 걸 발견했다.

「잠시 후 날 따라 나와. 휴대폰은 놔두고.」

샤워를 마치고 나온 서희는 멍하니 화이트보드를 바라보고 있는 내게 눈을 찡긋하더니 근처에 커피나 마시러 가자고 했다. 그리고 바로 옆이니 가볍게 입고 가도 된다고 덧붙였다. 나는 서희가 적은 대로 휴대폰을 그대로 둔 채 따라나섰다. 내 손을 잡고 현관을 나서는 서희는 유난히 기분이 좋아 보였다.

가는 도중 서희는 자신의 주변에는 도청 장치가 설치되어 있으며 아마 내 휴대폰에도 설치되어 있을 확률이 높다고 말했다. 옷에 붙어 있을지도 몰라서 자신의 옷으로 갈아입혔다고 했다.

"중요한 건, 도청당하고 있다는 걸 모르는 척해야 한다는 거야. 꼭 필요할 때만 지금처럼 도청 범위에서 벗어날 거야. 의심받지 않게."

"그럼 일부러 도청을 당하고 있단 말야? 대체 왜 그래야 하는 건데? 누군가 도청하고 있다면 경찰에 신고하면 되잖아."

"그 자식이 도망가버리면 안 되니까. 난 꼭 잡아야 해, 그 자식을."

우리는 바로 옆 건물에 있는 작은 커피 전문점에서 아메리카노 두 잔을 받아들고 가장 안쪽 탁자에 자리를 잡았다.

"한 삼십 분 정도는 괜찮을 것 같아. 그 이상 시간을 끌면 의심받게 되니까. 그동안 궁금한 게 많았지. 내 부탁을 잘 따라줘서 고마워. 자, 이제 얼마든지 물어봐도 돼. 비록 삼십 분 동안이지만. 아니, 나도 궁금한 게 있으니까 이십 분 정도만."

그렇게 말하는 서희는 정말 즐거워 보였다. 한 가지는 확실했다. 이 사람은 절대 자살을 시도했을 리가 없다.

"왜 자살을 시도했다고 말했니?"

"일단 널 꺼내야 했으니까."

"내가 범인이 아니라고 할 수도 있었잖아."

"일단 난 범인을 못 봤어. 순식간에 뒤에서 덮쳐서 목을 졸랐지. 내가 마지막으로 들은 건 현관 벨소리야. 아마 네가 누른 거겠지. 널 용의선상에서 확실히 제외시킬 만큼 구체적인 말을 만들어낼 수가 없었어. 그리고 그때 난 사경을 헤매다 겨우 의식을 찾은 상황이었다고. 내게 상황을 설명해준 형사는 널 강하게 의심하고 있었어. 진짜 범인이 잡히기 전까지는 풀어주지 않았을 거야. 그러니 범인은 없다고 말할 수밖에 없었지."

"내 이름을 듣고 바로 나인 걸 알았어? 내가 범인이 아니라고 확신한 거야?"

서희는 아마 내 이름조차 기억하지 못하고 있었을 거라고 생각했다. 칠 년 전에 잠시 스쳐 지나갔을 뿐이니까. 꿈에서 본 로또 번호로 옛 기억을 떠올리고 찾아가기까지 한 나와는 달리 서희는 나를 그저 스쳐 지나간 수많은 사람 중 하나로 생각하고 있을 줄 알았다. 서희는 약간 망설이다가 대충 얼버무리고 말을 이었다.

"응. 또 한 가지 이유는, 다른 사람에게 너무 많은 정보를 주고 싶지 않았어. 설령 그게 경찰이어도. 날 공격한 사람이 누군지 모르는 상황이니까. 그리고 아마 경찰은 내가 공격당한 이유를 이해하지 못할 거야. 그래서 그냥 깔끔하게 수사를 종결시키는 게 최선이라고 생각했지."

세 번째 규칙이 떠올랐다. 아무도 믿지 말 것. 서희는 경찰도 믿지 않았다. 그럼에도 내가 범인이 아니라는 것만큼은 믿는 모양이었다. 그것만으로도 고마웠다. 서희가 날 범인으로 지목했다면 꼼짝없이 죄를 덮어썼을 테니까.

"대체 누가 왜 널 공격한 거야? 범인을 알고 있어? 도청도 그 사람이 하는 거야?"

"정확히 누군지는 몰라. 언제부터인지도 모르고. 눈치챈 건 최근이지만 아주 오래전부터 도청하고 있었던 게 분명해. 내가 내 박사 논문에 대해 얘기한 적 있지? 기억과 꿈에 대한 연구. 그걸 연구할 때 처음 도청당하고 있다는 사실을 알았어. 쪽지를 받았거든. 연구를 그만두라더라. 처음엔 그냥 미친 사람인가 생각했지만 지도 교수님 외에는 아무에게도 얘기한 적 없는 논문의 내용을 알고 있더라고. 혹시나 하고 뒤져봤더니 가방 안쪽에서 도청기가 나왔어."

"그런데도 경찰에 신고를 안 한 거야?"

"처음에는 그저 무서웠어. 그러다 갑자기 깨달았어. 내가 협박을 받은 건 그때가 처음이 아니라는 걸. 고등학교 때 부모님이 화재로 돌아가시기 전이었어. 그때도 쪽지를 받곤 했지. 빨간색 치마를 입으라거나 하는 이상한 요구 사항이 적힌. 그 밑에는 우리 집 주소가 적혀 있었는데 처음에는 동 주소뿐이었어. 그냥 무시해버렸지. 그런데 쪽지는 계속 날아왔고 그 안에 적힌 주소도 점점 완성되어가더라. 그러다 주소가 끝까지 적힌 쪽지를 받은 날 저녁…"

서희가 고개를 숙이며 몸을 떨었다. 무슨 일이 있었는지 알 것 같았다. 집에 불이 난 것이다. 쪽지에 적힌 요구 사항을 따르지 않았다는 이유로. 그때 가족을 모두 잃었겠지. 나는 조용히 서희의 어깨를 쓰다듬어주었다. 서희는 길게 심호흡을 하고는 눈에 힘을 주며 고개를 들었다.

"그때는 그런 쪽지를 받았다는 걸 경찰에 말하지도 못했어. 모든 게 내 책임 같아서 견딜 수가 없었거든. 너무 무서웠어. 하지만 이젠 아냐. 다신 그렇게 바보같이 굴지 않을 거야. 나한테 무슨 일이 일어나든 상관없어. 그 자식을 잡을 수만 있다면. 모르는 척 도청기를 원래대로 넣어놓고 쪽지에 적힌 요구 사항을 따랐지. 하고 있던 연구를 포기하고 논문 내용도 대폭 수정해서 무난한 내용만 담았어. 그 이후로는 협박당하는 일도 없었고 쪽지도 날아오지 않았어. 물론 도청은 계속됐지."

"그런데 왜 갑자기 널 죽이려 한 거야?"

"글쎄. 어쩌면 위험하다고 생각했을지도. 범인의 단서를 모으고 있었거든. 내가 가는 곳마다 도청기를 설치하려면 가끔은 내게 접근해야 할 테니까."

"단서를 찾았어?"

내 말을 들은 서희의 눈이 날카롭게 빛났다. 입가에 서늘한 미소가 걸린 것도 같았다.

"놈은 아무런 흔적도 남기지 않아. 그런데 이번에 처음으로 실수를 했지. 날 공격한 게 단서야. 생각해봐. 그렇게 오랫동안 도청하고 있었는데 하필이면 네가 날 찾아온 그날 나를 죽이려 한 게 과연 우연일까? 우연이 아니라면 이유는 하나야. 범인은 우리가 만나는 걸 막으려한 거야."

"그럼 내가 널 찾아갔기 때문에 네가 공격당했단 말이야?"

서희는 잠시 몸을 뒤로 빼 의자에 기대고는 벽에 걸린 시계를 바라보았다. 십오 분이 지나 있었다. 서희의 커피도 정확하게 반이 비었다. 반면에 나는 아직 커피에 입도 대지 않았다. 내가 식은 커피를 들어 한 모금 마시자 서희는 살짝 웃으며 말했다.

"그렇다고 할 수도 있지. 미안하게 생각할 필요는 없어. 내가 널 찾아간 게 먼저니까. 네가 사는 곳까지 찾아가서 너와 스쳐 지나가기도 했었어. 넌 못 알아보는 것 같았지만."

"날 찾아왔었다고? 정말?"

"그래. 눈도 마주쳤어. 물론 넌 날 봤다는 걸 의식하지 못했을 거야. 하지만 무의식은 알아챘을지도 모르지."

그렇게 말하며 서희는 무언가를 기대하는 눈빛으로 나를 바라보았다. 하지만 나는 여전히 서희의 행동을 이해할 수 없었다.

꿈과 세 개의 수열, 그 의미를 알아낸 과정을 짧게 설명해주었다. 내 말을 듣는 서희의 표정이 놀라움으로 가득 차더니 곧 기쁨으로 변했다.

"역시. 역시 그랬어! 넌 자각몽을 꿀 수 있는 거지? 넌 그날 날 봤던 걸 무의식적으로 기억하고 있었던 게 분명해. 그래서 그런 꿈을 꾼 거야. 내가 논문으로 쓰려다 그만둔 연구가 바로 자각몽에 대한 거였어. 자각몽에 기억과 관련된 놀라운 비밀이 있다는 연구였지. 네가 꿈에서 본 숫자를 통해 나를 찾아온 그 과정이 내 연구가 옳았다는 움직일 수 없는 증거야. 난 자각몽을 꿀 수 없어서 그걸 확인할 길이 없었어. 내가 지금 감정을 억누르기 위해 얼마나 애쓰고 있는지 모를 거야. 그리고 내가 공격받은 이유도 알 것 같아. 범인은 그 비밀이 세상에 드러나는 걸 원하지 않는 거야. 그래서 내가 논문 쓰는 걸 막고 널 만나는 것도 막으려 한 거야. 너, 그 꿈 얘기를 다른 사람에게 한 적 있어?"

"아니. 없어."

"좋았어. 자 이제 우리가 할 일이 생겼어. 우선 나를 공격한 사람을 알아내야 해. 너 내 집에 찾아온 날 벨을 누르고 나서 얼마나 있다가 집에 들어왔지?"

"글쎄…? 얼마 안 돼. 한 삼 분 정도?"

"집에 들어왔을 때 누군가 도망간 흔적이 있었어?"

당시 집 안 모습을 떠올리려 애썼지만 전체적인 이미지만 어렴풋이 떠오를 뿐 구체적인 흔적까지는 기억 나지 않았다. 책상의 위치나 여기저기 책이 많이 쌓여 있었다는 것, 욕실에서부터 흘러나온 불빛 같은 단편적인 장면들이 전부였다. 방은 낮인데도 어두웠고 커튼이 닫혀 있었다. 커튼이 흔들렸던 기억이 없는 걸로 봐서 창문도 닫혀 있었다.

"아니. 아닌 것 같아. 창문도 닫혀 있던 것 같고."

"창문이 닫혀 있었다고? 형사 말로는 창문이 열려 있었다고 했어. 네가 창문을 열고 방으로 들어온 것 같다고 하길래 창문은 내가 열어놓았다고 했는데. 그럼 확실해. 네가 들어왔을 때 범인은 집 안에 있었어."

갑자기 등골이 오싹해졌다. 내가 들어갔을 때 서희의 손목을 그은 사람이 방 안에 같이 있었다니. 상상도 하지 못했다. 하지만 방 안이 전체적으로 어두웠고 내가 구석구석 살펴본 것도 아니니 불가능한 일은 아니었다. 서희 이외의 다른 사람이 있으리라고는 생각하지 않았던 데다가 현관에 들어서고 나서 거의 바로 욕실 쪽으로 갔으니까.

"하지만 전혀 기억이 나지 않아. 아무리 떠올려보려고 해도…."

"네가 기억하는 게 아니야. 꿈이 하는 거지. 설령 의식하지 못했다고 해도 그때 네가 본 것들은 전부 네 뇌 속에 들어 있어. 의식적인 기억으로는 그걸 꺼낼 수 없어. 하지만 꿈은 가능해."

서희는 날 똑바로 바라보며 말했다.

"넌 꿈속에서 내 집에 다시 찾아와야 해. 그리고 거기서 범인을 찾아."

커피 전문점에서 나오기 전 나는 유치장에서 꾼 꿈 이야기를 했다. 꿈속에서 나는 서희의 집으로 찾아가려 했지만 실패했다. 삼십 분이 거의 다 지났다. 시계를 본 서희는 꿈속에서 의식적으로 어떤 장소를 찾아가는 것은 정말 어려운 일이라고 말하며 자리에서 일어섰다. 나는 깜짝 놀라며 고개를 끄덕였다. 나 역시 많은 꿈을 꾸며 느꼈던 사실이다. 그걸 이해하는 사람은 서희가 처음이었다.

집으로 돌아가는 길에 서희는 내게 현관 카드키를 건네주며 항상 가지고 다니라고 당부했다. 아무 때나 찾아와도 된다는 뜻은 아니라고 덧붙였다. 대신 주머니에 넣고 다니며 자주 만지작거리라고 했다.

서희는 또 이 층으로 향하는 계단을 올라가다 말고는 먼저 들어갈 테니 삼 분만 있다가 들어와달라고 부탁했다. 나는 계단 중간에서 하릴없이 주변을 두리번거렸다. 흰색과 노란색을 절반씩 칠한 벽을 바라보며 삼 분을 세고 나서 방으로 들어갔다.

서희는 내 옷에서 떨어진 단추들을 달고 있었는데 그 것 때문에 나를 계단에 세워놓았던 것 같지는 않았다. 잠시 기다리라며 옷을 마저 수선하더니 꼭꼭 접힌 쪽지 한 장과 함께 내게 건네주었다. 겉에는 이렇게 쓰여 있 었다.

「이만 돌아가줘. 미안.」

아직 궁금한 게 많았지만 진심으로 미안해하는 듯한 서희의 표정에 기분을 추스르고 내가 먼저 이제 그만 가 봐야 할 것 같다고 말했다. 적당한 이유도 둘러댔다. 건 물을 빠져나오며 이 층을 올려다보자 창가에 기대고 있 는 서희가 보였다. 눈이 마주치자 서희는 밝게 웃으며 손을 흔들어주었다.

집으로 돌아가는 길에 나는 지하철역 화장실에 들러 서희가 준 쪽지를 펼쳐 보았다. 누군가에게 감시당하고 있다고 생각하니 행동 하나하나가 신경 쓰였다.

「갑자기 가라고 해서 미안. 내 방에 대한 새로운 기억이 너무 강하게 남으면 안 돼서 그랬어. 집 분위기를 완전히 바꾼 것도 그래서야. 꿈에서 할 일 잊지 마. 항상 고마워.

4. 도청을 알아챈 걸 티 내지 말 것. (휴대폰 항상 소지. 옷에는 없음.)」

행동 수칙이 하나 더 생겼다. 서희의 행동 어디까지가 계산된 것이고 어디까지가 진심인지 짐작하기 힘들었다. 나는 쪽지를 다 읽은 뒤 잘게 찢어 변기에 넣고 물을 내렸다.

그날 이후 우리는 몇 번 다시 만났지만 서희가 나를 집으로 초대하는 일은 없었다.

「네가 꿈에서 찾아와야 할 곳은 내가 공격당한 그날 밤의 집이야. 새로운 기억이 너무 많이 쌓이면 안 돼.

애써 찾아와도 바뀐 이후의 집일 테니까.」

데이트 아닌 데이트를 즐기는 틈틈이 우리는 필담을 나누었다. 냅킨에 적기도 하고 영수증에 적어 보여준 뒤 찢어버리기도 했다.

「도청만 하는 게 확실해? 몰카는 없어?」

「없어. 집과 소지품에서 도청 장치는 수도 없이 발견 했지만 카메라는 한 번도 찾은 적 없어.」

필담이라도 나눌 수 있는 건 다행이었지만 서희는 그나마도 길게 하지 않았다. 꿈속에서 서희의 집을 찾아가는 일은 실패의 연속이었다. 예전처럼 자주 자각몽을 꾸지도 못했고 자각몽 속에서 서희의 집에 가야 한다는 걸 떠올리기도 힘들었다. 어쩌다 떠올린다고 해도 찾아가는 도중에 깨어나버렸다.

실패가 거듭되자 점점 불안해졌다. 꿈속에서 겨우 서희의 집에 찾아가야 한다는 사실을 생각해내더라도, 실패하는 수십 가지 경우의 수도 같이 떠올랐다. 그런 상상들은 아무리 구석으로 밀어내도 금세 번져 머릿속을 가득 채웠고 어김없이 꿈은 그 상상을 따라가며 실패했다.

「그런데 왜 꿈에서는 내가 원하는 일이 일어나지 않는 거지? 마치 꿈속의 모든 게 날 방해하려는 것처럼 느껴져.」

사실 그랬다. 꿈이라는 걸 자각해도 뭐든지 맘대로 할 수 있는 건 아니다. 오히려 반대다. 자동차를 타려고 하면 장난감처럼 작아져서 몸을 구겨 넣기도 힘들어지고 겨우 탄다고 해도 핸들이나 브레이크가 말을 듣지 않았다. 엘리베이터는 원하는 층에 서지 않고 계단이 절벽처럼 높아지기도 했다. 지하철은 역에 정차하지 않고 끊임

없이 어두운 땅속을 헤맸다.

「꿈이라는 건 원래 그냥 지켜보는 거야. 무의식이 열심히 기억을 정리하는 과정에서 과거의 장면들이 마구 뒤섞여 지나가는 모습을 옆에서 바라보는 거지. 그런데 또 그걸 바라보는 뇌는 어떻게든 일관된 이야기를 만들려고 노력하거든. 빠진 장면은 만들어 넣어서라도 말이지.

꿈을 자각하지 않으면 이야기를 만들어내기가 쉬워. 엉터리로 만들어도 뇌가 인식하지 못하거든. 하지만 너처럼 꿈을 자각하고 의식적으로 꿈에 반응하기 시작하면 무의식이 거기에 맞는 장면이나 기억, 느낌을 던져주느라 아주 곤란해져. 말이 되는 상황을 만들어내려고 계속 억지 상황을 꾸미다가 뇌에 과부하가 걸리며 잠에서 깨어나는 거지.

자각몽을 길게 꾸려면 뇌가 무리하지 않도록 최대한 무의식의 흐름에 맞춰주면서 조금씩만 반응해야 해.

마치 파도타기를 하는 것처럼 말이지. 그건 아마 네가
더 잘 알고 있을 텐데.」

파도타기. 그렇다. 나는 오래전부터 자각몽이 흐름을
거스르려고 하면 물에 빠져버리는 파도타기와 같다고
생각해왔다. 딱히 비밀이랄 것도 없지만 다른 사람에게
말해봐야 이해해주지 않을 게 뻔해서 그냥 나 혼자만 갖
고 있는 그런 생각. 그런데 서희는 내가 말해주지 않아
도 이미 그걸 이해하고 있다. 마치 내 머릿속을 들여다
본 것처럼.

서희는 내게 발표되지 않은 자신의 진짜 논문을 건네
주기도 했다. 나로서는 눈이 번쩍 뜨이는 내용이었다.
수없이 자각몽을 꾸며 경험적으로 터득했던 생각이 체
계적으로 정리, 분석되어 있었다. 서희의 논문에 따르면
자각몽은 단순히 신나게 탐험할 수 있는 모험의 세계가
아니었다. 서희는 자각몽을 통해 한 개인의 모든 기억,
즉 의식적인 기억과 무의식적인 기억을 모두 꺼낼 수 있

다고 주장했다.

「그뿐이 아냐. 너무 근거가 희박해서 논문에는 적지 못했지만 자각몽이 기억의 일부를 꺼내 보여주는 데에는 분명한 법칙이 있다고 생각해. 인간의 의식적인 사고력을 넘어선 초월적인 사고 능력이 발휘된다는 게 내 예측이야. 네가 무언가를 원하면 무의식은 그걸 달성할 수 있는 최선의 방법을 꿈을 통해 보여줘. 자각몽에는 분명한 의미가 있고 그걸 해석할 수만 있다면 활용 가능성은 무궁무진해. 그렇지 않다면 어떻게 자각몽을 통해서 네가 날 찾아오고 심지어 현관 비밀번호까지 알았겠어? 어쩌면 네가 날 찾아오면 범인이 마음이 급해져서 날 공격하고 네가 아슬아슬하게 날 살리게 되리라는 것까지 네 뇌가 미리 예측했을 수도 있어.」

「내 뇌가? 말도 안 돼.」

「두고 보자고. 너한테 얼마나 많은 잠재력이 숨어 있는지 너는 모를 거야. 네가 어릴 때부터 꿈의 세계를 탐험하며 쌓아왔던 그 능력 말야.」

격려에도 불구하고 꿈속에서 서희의 집을 찾아가는 일은 진전이 없었다. 오히려 아무것도 모르던 어린 시절보다도 더 힘들었다. 많이 알고 많이 생각할수록 꿈속의 나에게는 그만큼의 족쇄가 채워지는 느낌이었다. 한 주한 주 지날수록 점점 초조해졌다. 서희는 면목 없어 하는 내 머리를 쓰다듬으며 쪽지를 보여주었다.

「원래 어려운 일이야. 너무 부담 갖지 마. 어쩌면 네가이 모든 걸 잊고 더 이상 꿈을 꾸려 하지 않을 때 그 자각몽이 찾아올지도 몰라. 너무 많이 예측하고 상상하다 보면 오히려 꿈이 오염돼서 정보가 쓸모없어지기도 하니까. 내가 몰래 심어놓은 장치들도 있으니 언젠가는 꼭 꾸게 될 거야.」

"우리 오늘은 뭐 할까? 영화 볼까?"

쪽지를 구겨 주머니에 넣으며 서희는 내 팔에 바싹 달라붙었다. 나는 서희에게 뭘까. 연인일까. 친구일까. 생명의 은인일까. 아니면 실험 도구일까.

6. 카운트다운

한 달이 지나도록 나는 원하는 꿈을 꾸지 못했다. 이렇게 허송세월하는 사이 서희가 다시 공격당할까 봐 걱정되기도 했다. 서희는 충분히 조심하고 있으니 걱정 말라며 나를 안심시켰다. 그전까지는 너무 조심하면 도청을 알아챈 사실이 드러날까 봐 일부러 빈틈을 보여야 했지만 이젠 그런 일까지 있었으니 대놓고 조심할 수 있어서 오히려 안전하다는 거였다.

「누군가 우릴 미행하고 있다는 것도 이미 눈치챘어. 공격하려는 것 같지는 않아. 그냥 모른 척해.」

「뭐? 아무리 생각해도 이거 너무 위험해. 차라리 경찰에 신고하자.」

「괜히 일만 복잡해져. 내가 처리할 수 있으니까 넌 그냥 모른 척하면 돼. 그러라고 알려주는 거야.」

서희의 눈빛은 단호했다. 우리를 미행하고 있다는 사람은 어쩌면 조 형사인지도 모른다. 지난번에 만났을 때 본 조 형사의 눈빛에는 우리를 의심하는 기색이 역력했다. 너무 심하면 연락하라던 김 형사의 말이 생각났다. 단호한 서희와는 달리 나는 판단이 서지 않았다. 그저 조심하라고 말해주는 게 전부였다.

그러던 어느 날이었다. 서희와 헤어지고 열한 시가 거의 다 되어서야 고시원에 도착했다. 신발을 벗고 들어가려는데 현관 바닥에 쪽지 하나가 보였다. 서희가 말해줬던 협박 쪽지가 생각나 가슴이 철렁 내려앉았다. 떨리는 손으로 쪽지를 집어 들었다.

「경고. 장서희와의 일에 개입하지 말 것. 대전시 유성구 월평동.」

경고와 주소. 서희가 말했던 그대로였다. 적혀 있는 주소는 지금 내가 살고 있는 고시원이 아니라 부모님이 살고 계신 대전이었다. 나는 황급히 집으로 전화를 걸었다. 통화 대기음이 두 번 울리고 어머니가 전화를 받았다.

"이 밤중에 웬일로 전화를 다 했니? 별일 없지?"

평소와 다름없는 목소리였다. 최근에 수상한 사람을 보지 못했냐고 여쭤보려다가 괜히 걱정만 끼칠 것 같아 그만두었다. 나는 대충 안부를 여쭙고 자주 전화드리겠다고 말하고는 전화를 끊었다.

서희를 습격하여 죽이려고 했던 놈이다. 집에 불을 질러 서희의 가족을 모두 죽인 놈이다. 나나 내 가족에게도 그러지 않으리란 법이 없다. 이렇게 계속 서희를 만나다가는 나도 같이 위험해질지 모른다는 생각은 했다.

그래도 괜찮았다. 나는 이미 고시원에서 희망 없는 하루하루를 보내고 있었으니까. 더 위험할 것도 잃을 것도 없다는 심정이었다. 오히려 오랜만에 살아 있다는 느낌이 들기도 했다. 하지만 그게 아니었다. 내게도 잃을 것이 있었다.

그걸 뭐라고 부르든 간에 지난 한 달간 서희와 보낸 시간은 달콤했다. 몇 년 만에 처음으로 스스로가 쓸모 있게 느껴졌다. 열심히 살아보고 싶었다. 심지어 내팽개쳤던 공시 준비를 다시 시작하기도 했다. 장서희가 내게 보여준 모든 모습이 연기고 나를 철저히 이용하고 있다 해도 상관없다는 생각마저 들었다. 좀 더 떳떳하게 부모님을 뵐 수 있을 것 같았다. 그런데 이 협박 쪽지 하나로 모든 게 흔들렸다. 만에 하나 부모님께 무슨 일이 생긴다면, 결국 또다시 내가 애쓰고 노력했던 건 차라리 안 하느니만 못한 일이 되는 셈이다.

따지고 보면 서희에게 미안해할 것도 없다. 이유야 어쨌든 이미 한 번 목숨을 구해줬다. 빚이라면 오히려 서희 쪽에서 졌지 내가 부탁을 들어줄 이유는 없다. 더 이상 서희를 만나지 않으면 협박은 사라진다. 간단하다. 도저히 자각몽을 꿀 수 없다고 하면 그만이다. 내가 관계를 끊으면 오히려 서희가 더 안전해질지도 모른다.

그렇게 생각하다 보니 정말 서희가 도청을 당하고 있는지부터 의심스러워지기 시작했다. 서희를 위해서도 그 부분은 확인해보고 싶었다. 문득 민태가 IT 업체에 취직해서 어떤 일을 하고 있는지 떠들었던 게 생각났다. 분명 무슨 보안 솔루션을 개발하고 있다고 했었는데, 만일 내 휴대폰에 정말로 도청 장치가 설치되어 있다면 민태가 알아봐줄 수 있지 않을까.

︶

"짜식, 웬일로 네가 먼저 연락을 다 했냐? 역시 놀아줄 친구가 이 형님밖에 없는 거지?"

민태가 회사 근처 호프집에서 기다리고 있던 내 어깨를 툭 치며 말을 건넸다. 녀석은 대학생 때나 지금이나 변한 게 없다. 맥주를 시켜놓고 이런저런 잡담을 하다가 자연스럽게 그때 이야기로 넘어갔다. 말하는 쪽은 주로 민태였고 나는 적당히 듣다가 추임새를 넣어주는 정도였다.

"그때 우리 정말 웃겼는데. 맨날 꿈 얘기만 하고. 왜 내가 너한테 자각몽 꾸는 법 배워서 꿈속에서 연예인 한번 만나보겠다고 생쇼를 했잖냐. 막 사진 끌어안고 자고. 아 나 참. 또 뭐였지? 아, 꿈에서 로또 번호 보겠다고도 난리 쳤었지. 그때 내가 정말로 꿈에서 번호 봤다고 로또 사고 그랬잖아. 기억 안 나?"

기억이 난다. 그러고 보니 12월 12일에 민태가 맞춰보고 있었던 게 그 로또 번호였던 것 같다. 그때 휴대폰 너머로 들었던 숫자를 무의식 중에 기억하고 있었던 모양이다. 그럼 현관 비밀번호는? 나는 민태가 도어락을 열고 서희의 집에 들어가는 걸 본 적이 있다. 무슨 숫자를 누르는지 눈여겨보지는 않았지만 그 장면은 분명 내 시야 안에 들어와 있었다. 서희가 연구한 자각몽 이론에 따르면, 내 뇌는 충분히 그 장면을 처리해 비밀번호를 어딘가에 저장해놓았다가 꿈을 통해 보여줄 수 있다.

피보나치 수열. 로또 제680회 당첨번호. 서희의 현관 비밀번호. 자각몽은 나에게 이 세 가지 숫자를 던져주었다. 서희의 말대로 그날 내가 나도 모르게 서희를 보았기 때문일까. 아마도 나는 무의식적으로 서희를 만나야 한다고 생각했을지 모른다. 그래서 무의식은 내 뇌 깊은 곳에서 필요한 정보를 찾아내 던져주었다. 나는 그걸 바탕으로 꿈을 구성한다. 자각몽을 통해. 어딘가 낯이 익은 누군가가 로또에 당첨되는 꿈. 그 번호를 빼앗아 보는 꿈.

갑자기 목이 탔다. 급하게 맥주를 들이키는 나를 보며 민태는 신이 났는지 원샷을 하고는 맥주를 더 시켰다. 분위기가 적당히 올랐을 때 얼굴이 붉어진 민태가 조심스럽게 말을 꺼냈다.

"근데 너, 혹시 요즘 장서희하고 연락하나? 퇴원은 했겠지?"

나는 잠시 망설이다가 말없이 고개를 끄덕였다. 민태가 한숨을 내쉬며 걱정스러운 말투로 물었다.

"하, 결국. 너네 뭐, 다시 사귀기로 하고 그런 거 아니지?"

"뭐 그냥. 가끔 연락이나 하는 거야."

"다시 만나는구나. 야, 내가 널 모르냐? 그래 뭐, 네가 알아서 할 일이기는 한데. 아니, 내가 걱정돼서 그러지."

민태는 말을 끊고 살짝 내 눈치를 살폈다. 나는 민태의 눈을 피해 맥주를 들이키면서 상관없다는 뜻으로 어깨를 으쓱했다. 그러자 민태도 잔을 들어 억지로 내 잔에 한 번 부딪치고는 남은 맥주를 비웠다.

"네가 알아야 할 것 같아서 얘기하는 거니까 너무 기분 나쁘게 듣지 말아라. 서희 걔 나랑도 잠깐 만났었잖아. 근데 애가 좀 이상했어. 맨날 이상한 것만 물어보고. 꿈 얘기만 집요하게 물어보더라고. 자각몽을 꿀 수 있냐고. 사실 나 네가 해준 꿈 얘기들 다른 게시판에 내가 겪은 것처럼 몇 번 올린 적이 있거든. 그걸 봤나 봐. 그래서

"그런데 왜 그냥 돌아갔어?"

서희는 대답 대신 테이블 위에 쪽지를 하나 올려놓았다. 손바닥만 한 메모지 위에 서툰 필체로 경고가 적혀 있었다.

「그 자식을 만나지 말 것.」

"급하게 쓴 것 같지? 밑에 주소도 없고. 날 지켜보고 있었을 거야. 근처에 있었단 소리지. 무심코 주머니에 손을 넣었는데 그 쪽지가 들어 있었어. 언제 집어넣었는지 모르겠어. 그래서 일단 되돌아왔지. 자, 이제 내가 질문할 차례야. 넌 날 어떻게 찾아왔니?"

그제야 날 데리고 나오는 서희의 표정이 왜 그리 밝았는지 알 수 있었다. 나는 드디어 진실을 이야기할 수 있는 기회를 얻었다. 내 말을 믿어주고 이해해줄 수 있는 사람이 바로 앞에 있다. 말이 되는 이야기를 만들기 위해 억지로 거짓말을 지어낼 필요가 없다. 나는 내가 꾼 뭐 그렇다고 했지. 너한테 들었던 얘기 몇 개 더 해주고 대충 넘어가려고 했는데, 장서희 걔 어찌나 집요한지. 꿈에서 뭘 해보고 알려달라는데 거짓말도 하루 이틀이지 영 피곤해서. 사실 다 거짓말이라고 했더니 표정 싹 바뀌면서 연락 끊더라. 야, 너는 걔랑 만나면서 뭐 이상한 거 못 느꼈냐?"

내가 잘 모르겠다고 하자 민태는 답답하다는 듯 가슴을 쳤다.

"넌 사람이 너무 좋아서 탈이야. 가만 보니까 그게 너한테는 아주 온갖 내숭을 다 떨었나 본데, 걔 정말 무서운 애야. 네가 걔랑 엮여서 조사받고 있다고 했을 때 내가 얼마나 놀랐는지 아냐? 장서희 걔 얼마 전에 나 찾아왔어. 느닷없이 칠 년 전 얘기를 물어보더라. 다 거짓말이라고 하지 않았냐고 그랬더니 아니래. 거짓말일 수가 없대. 누구한테 들은 건지 알려달라고 막무가내로 구는 거야. 어휴, 바빠 죽겠는데 말야. 그래서 그냥 너한테 들었다고 했거든."

"민태 네가 날 알려줬다고?"

"그래. 아니 뭐 그게 대단한 비밀도 아니잖아. 이런 일까지 벌어질 줄은 몰랐지. 그러고 나서 한 보름 있었나. 경찰서에서 그렇게 연락받고 내가 너무 미안해서 새벽에 달려간 거잖냐. 난 네가 걔랑 엮인 게 아무래도 찜찜해. 분명 장서희 걔가 다 계획한 거야. 대체 무슨 짓을 하려는 건지는 모르겠지만 말려들지 마. 느낌이 안 좋아."

민태 말이 맞을지도 모른다. 장서희와 엮이는 건 위험하다. 아무리 그래도 나는 아직 서희의 의도 자체를 의심하고 싶지는 않았다. 민태에게 이런 얘기를 계속 듣고 싶지도 않았다. 나는 얼른 민태를 만난 진짜 목적으로 옮겨갔다.

"신경 꺼 인마. 내가 알아서 할게. 야, 나 화장실 좀 다녀올게."

나는 깜박한 척 휴대폰을 테이블 위에 둔 채 자리에서 일어났다. 그러고는 검지 손가락을 입에 가져다 대 민태에게 조용히 하라고 신호한 후 입 모양으로 따라오라고 말했다. 민태는 역시 눈치 하나는 빨랐다. 잠시 어리둥절해하더니 이내 자리에서 일어나 나를 따라왔다. 어 그래 다녀와, 라고 말하면서. 화장실에 따라 들어온 민태는 입 모양으로 나에게 무슨 일이냐고 물었다.

"여기선 괜찮아. 민태야, 나 뭐 부탁 좀 하자. 너 휴대폰 도청에 대해 잘 안다 그랬지?"

"내가 지금 하는 일이 그거잖냐. 너 설마, 서희가 너 도청하냐? 그치? 그런 거지?"

"이유는 알 것 없고. 근데 이거 티 안 나게 조사할 수 있냐? 내가 눈치챈 걸 들키면 안 되거든."

"이 자식아, 날 뭘로 보냐? 흔적 하나 안 남기고 싹 다 긁어줄게. 근데 너 도청한 증거 나오면 서희 개랑 쫑내는 거다, 알았지?"

조용히 테이블로 돌아온 민태는 제일 먼저 내 휴대폰을 집어 들고는 불빛에 비스듬하게 비춰보았다. 그러더니 그대로 잠금화면 패턴을 풀고 설정 메뉴로 들어갔다. 내가 황당해하자 가방에서 태블릿을 꺼내 메모장에 뭐라고 적어 내게 보여주었다.

「이럴 줄 알았지. 화면에 손자국 다 보인다. 패턴이라
도 좀 복잡하게 하든지.」

민태는 태블릿과 휴대폰을 연결해 어떤 파일을 가리
키며 여기저기 뒤져보더니 그럴 줄 알았다는 듯 혀를 찼
다. 녀석은 파일 몇 개를 복사해서 태블릿으로 옮기고는
다시 메모장에 뭐라고 적었다.

「분석 코드는 회사에 있으니까 내일 바로 분석해서
알려줄게. 잠금화면 패턴 꼭 바꾸고.」

서희가 착각한 게 아니었다. 내가 도청당하고 있다면
서희가 도청당하는 것도 사실일 것이다. 어쩌면 민태가
휴대폰에 깔린 해킹 툴에서 범인을 찾아낼 단서를 발견
할지도 모른다. 범인만 잡을 수 있다면 모든 문제가 해

결된다. 서희는 부모님의 복수를 할 수 있고 내 부모님도 안전해진다. 범인은 내가 꼬리를 밟고 있다는 걸 모를 것이다. 그러나 내 자신감은 다음 날 아침 현관 안에 밀어넣어진 새로운 쪽지에 여지없이 무너져버렸다.

「경고. 장서희에 대해 다른 사람과 이야기하지 말 것. 대전시 유성구 월평동 개나리아파트.」

범인은 내가 민태를 만나 서희에 대해 이야기한 걸 알고 있다. 부모님 집 주소도 알고 있다. 설마 벌써? 통화 버튼을 누르려다가 손을 멈췄다. 아직은 아닐 것이다. 서희는 주소가 끝까지 완성된 날 집에 불이 났다고 했다. 게다가 범인은 수상한 행동을 싫어한다. 갑자기 집에 전화를 거는 것도 범인을 자극하는 행동일지 모른다. 나는 마음을 가라앉히고 침착해지려 애썼다.

내용만 보면 범인은 아직 내가 민태에게 해킹 툴 조사를 부탁했다는 것까지는 모르는 듯했다. 다행이었다. 민태는 혹시 범인이 내 이메일까지 감시하고 있을지 모른다며 자기 이메일 계정을 빌려주었다. 나는 하루 종일 또 다른 쪽지가 현관으로 들이밀어지는 건 아닐까 두려워하며 민태의 메일을 기다렸다. 점심시간이 한참 지난 뒤 민태로부터 메일이 도착했다. 알림음과 동시에 현관 쪽을 쳐다보았지만 아무 기척도 없었다. 나는 심호흡을 한 번 한 뒤 메일을 열어 보았다.

「일단 도청 코드는 확실해. 근데 이거 꽤 거창한 코드더라. 일반인이 쉽게 구할 수 있는 건 아닌데. 웬만한 감시 코드로는 적발되지도 않겠어. 역추적도 거의 불가능하고. 직접 연결 방식으로 깔린 모양인데 로그도 거의 안 남겼고 알아낼 수 있는 게 별로 없어.

그래도 데이터 전송량을 분석해보면 코드가 동작하기 시작한 시간은 대강 알 수 있어. 2022년 11월 14일 새벽인데, 너 경찰서 유치장에 있었던 시간 아니냐? 장서희는 병원에 있었을 시간이고.

장서희가 깔았다고 생각하고 가볍게 시작한 건데 이게 무슨 의민지 나도 모르겠다. 너 대체 무슨 일에 얽인 거야?」

나 역시 예상 못했던 일이다. 설마 경찰이? 하지만 가능성은 충분했다. 경찰서에서 휴대폰을 압수당했었으니까. 압수한 휴대폰을 어디에 보관하고 있었는지 그 휴대폰에 누가 접근할 수 있었는지 알 길은 없다. 한 가지 확실한 건 이제 나 역시 경찰을 믿을 수 없게 되었다는 사실이다. **아무도 믿지 말 것.** 서희의 과대망상이 아니었다. 경찰의 도움을 받을 수는 없다. 그렇다면 이제 남은 방법은 내가 자각몽을 꾸는 것뿐이다. 시간도 얼마 없다. 선택해야 한다. 서희와 함께 끝까지 추적해 범인을 잡아내든지. 아니면 범인의 경고를 따라 서희와의 관계를 끊고 모든 걸 포기하든지.

7. 파도타기

　문득 정신을 차려보니 나는 전철 의자에 앉아 있다. 어디로 가는 중이었는지 모르겠다. 다음 역은 신도림, 신도림역입니다. 그래 맞아. 나는 신촌역으로 가야 한다. 전철에서 내려 2호선으로 갈아타려는데 길을 찾을 수가 없다. 계단을 내려가도 계속 미로처럼 생긴 갈림길이 연이어 나타난다. 멀리 계단 아래쪽에서 지하철 들어오는 소리가 들린다. 저걸 꼭 타야 해. 빨리 가서 서희가 살해되는 걸 막아야 해.

　꿈이다.

　까마득히 아래로 내리뻗은 계단으로 몸을 던진다. 내 몸은 달에서 유영하듯 천천히 떨어지며 수십 개의 계단을 한달음에 지나 사뿐히 바닥에 내려앉는다. 지하철은 만원이다. 문이 열렸는데 비집고 들어갈 틈이 없다. 억지로 몸을 밀어 넣으려다가 멈칫한다. 여기로는 들어갈 수 없어. 몸을 뒤로 빼자 지하철 문이 서서히 닫히더니 짐승의 주둥아리처럼 오그라들며 사라져 버린다. 안에 타고 있던 사람들이 일제히 나를 바라본다. 주변 세상이 작아지며 흔들린다. 꿈의 파도에서 미끄러져 내린다.

안 돼. 나는 뒤로 돌아 비척거리며 내가 날아 내려왔던 계단을 다시 기어 올라간다. 다리가 너무 무겁다. 그러다 문득 흰색과 노란색으로 칠해진 계단 벽이 눈에 들어온다. 어디선가 본 계단이다. 두 색 사이의 경계가 점점 선명해지더니 세상이 다시 넓어진다. 나는 몸을 일으킨다.

그제야 여기가 어딘지 깨닫는다. 서희의 집으로 올라가는 계단이다. 서희가 먼저 들어간 뒤 삼 분 동안 눈에 익혔던 바로 그 계단이다. 나는 뛰는 가슴을 진정시키며 조심스럽게 한 걸음씩 계단을 올라간다. 마지막 계단에 올라서서 옆으로 고개를 돌리자 서희의 집 현관문이 보인다. 나는 천천히 그 앞으로 다가간다.

문에는 도어락이 달려 있다. 비밀번호를 눌러야 해. 번호가 뭐였지? 분명히 기억하고 있었는데. 기억이 나지 않는다. 9, 그다음은 5였나. 억지로 번호를 떠올리려 하자 다시 시야가 좁아진다. 겨우 번호를 누르고 다음 숫자인 1을 누르려는데 아무리 찾아봐도 1번이 없다. 다른 숫자는 전부 있는데 1만 없다. 나는 당황한다. 이제 시야는 완전히 좁아져서 도어락밖에는 보이지 않는다.

퍼뜩 어떤 생각이 떠올라 주머니에 손을 집어넣는다. 서희가 준 카드키가 만져진다. 꿈에서 깨어나버릴 것만 같다. **파도에서 떨어지는 순간이군**. 눈을 감고 카드키의 감촉에 집중한다. 매끈한 재질과 모서리의 감촉이 선명하다. 서서히 눈을 뜬다. 다시 도어락이 보인다. 현관문과 복도까지도 시야에 들어온다. 나는 천천히 카드키를 갖다 댄다. 경쾌한 신호음과 함께 문이 열린다.

　방 안으로 들어간다. 집에는 아무도 없다. 가구는 몇 안 되는데 여기저기 쌓여 있는 책 더미가 눈에 띈다. 창문을 온통 가린 커튼 덕분에 살짝 열려 있는 욕실 문 틈으로 새어 나오는 희미한 불빛이 선명하게 보인다. 방 안의 광경을 좀 더 자세히 살펴본다. 몸싸움이 벌어진 흔적이 있다. 각도가 약간 돌아간 모니터, 책상에 반쯤 걸쳐 있는 필통, 약간 기울어져 쌓여 있는 책들. 하나, 둘, 셋… 총 일곱 권의 책. 맨 위의 책이 바닥으로 떨어질 듯 위태롭다. 검은색 표지에 적힌 책 제목도 선명하다. **루시드 드림. 스티븐 라버지 지음.** 고개를 들고 방 구석구석을 돌아본다. 숨어 있는 사람은 없다.

　서서히 욕실로 발을 옮긴다. 천천히 문을 밀어 열고 안을 들여다본다. 욕조에 기대어 있는 서희가 보인다. 왼쪽 팔목에서 새어 나온 새빨간 피가 욕실 바닥을 가득 채우며 하수구로 흘러 들어간다. 서희는 실오라기

하나 걸치지 않은 알몸이다. 봉긋한 가슴이 선명하게 보인다. 당장이라도 눈을 떠서 내 목에 팔을 걸고 속삭일 것 같다.

정신 차려. 나는 다시 집중하고 주위를 둘러본다. 서희 외에 다른 사람은 보이지 않는다. 그때 욕조에 쳐져 있던 커튼이 살짝 움직인다. 그쪽으로 다가가 떨리는 손으로 커튼을 젖힌다. 어디선가 본 듯한 사람이 상기된 얼굴로 나를 노려보고 있다. 그의 눈썹이 살짝 떨린다.

조 형사다. 그가 벌떡 일어나 손에 든 커터칼로 내 목을 푹 찌른다. 새빨간 피가 사방으로 솟구친다. 서늘하고 날카로운 칼날이 목을 긋는다.

〜

나는 비명을 지르며 잠에서 깨어났다. 온몸이 땀에 흠뻑 젖어 있었다. 심호흡을 하자 서서히 정신이 돌아왔지만 조 형사에게 찔린 목은 아직도 칼날이 박혀 있는 듯

서늘했다. 나는 아무것도 없다는 걸 확인하기 위해 몇 번이고 목을 만져보았다.

자각몽이다. 마침내 나는 서희의 집에 찾아가는 데 성공했다. 서희가 습격당한 바로 그날 그 집에. 그렇게 찾아가려 애쓸 때는 번번이 실패했는데 이번에는 계단과 카드키, 단 두 개의 연결 고리만으로 집 안에 들어갔다. 생각해보면 꿈속에서 굳이 현실처럼 지하철을 타고 신촌에 갈 필요는 없다. 순간이동하면 그만이다. 물론 그게 말처럼 쉽지는 않다. 열심히 자각몽을 꿀 때도 가고 싶은 곳으로 마음껏 날아다닐 수는 없었다. 일부러 가려고 하면 반드시 실패했다. 의식하지 않고 자연스럽게 이동해야 하는데, 이번에는 계단이 연결 고리였다.

카드키도 마찬가지다. 비밀번호를 눌러 잠긴 문을 연다는 건 꿈에서 처리하기에는 너무 복잡하고 번거로운 일이다. 하지만 카드키라면 충분히 가능하다. 나는 서희의 말대로 카드키를 주머니에 넣고 수시로 만지며 다녔다. 그 촉감을 생생하게 떠올린 순간 꿈도 함께 선명해졌다. 서희는 대체 어떻게 알고 이런 걸 미리 준비한 걸까?

또 한 가지 놀라운 것은 방 안의 광경이었다. 경찰서에서는 그렇게 떠올리려고 해도 흐릿하기만 했던 방 안의 풍경이 꿈속에서는 너무나도 선명했다. 쌓여 있는 책들에 적힌 글자 하나하나까지 읽을 수 있을 정도였다. 그리고 욕조의 커튼. 생각도 못하고 있었지만 욕조에는 분명히 커튼이 있었다. 그 뒤라면 충분히 범인이 숨을 수 있다. 범인은 내가 정신없이 뛰쳐나온 후에 욕실을 빠져나와 창문으로 도망갔을 것이다. 그리고 그 과정에서 배관에 흔적이 남았다. 조 형사가 침입한 흔적이라고 주장했던 배관의 발자국은 실은 탈출한 흔적이었다. 그래, 조 형사. 나는 그의 얼굴을 똑똑히 보았다. 범인은 조 형사였다.

조 형사의 얼굴과 함께 욕조 앞에 서희가 알몸으로 쓰러져 있던 것이 떠올랐다. 그날 분명 서희는 평상복 차림으로 욕실에 쓰러져 있었다. 그런데 왜 꿈에서는 알몸이었던 걸까? 서희의 집으로 초대받았던 날이 생각나 얼굴이 붉어졌다. 머리를 흔들어 생각을 떨쳐내려 했지만 그 모습은 쉽게 지워지지 않았다. 그때 갑자기 초인종 소리가 들렸다. 거칠게 뛰던 심장이 하마터면 멎을 뻔했다.

"세진아. 나야. 안에 있니?"

서희였다. 나는 엉겁결에 일어서다 그만 침대 밑으로 미끄러져 넘어졌다. 쿵 소리가 났고 서희의 목소리가 들렸다.

"안에 있었구나. 근데 너 왜 하루 종일 연락을 안 받아. 걱정했잖아."

진술을 유지할 것. 서희는 여전히 원칙을 지키고 있었다. 지금 우리는 다시 만난 연인 관계다. 하지만 나는 지켜야 할 것이 하나 더 있었다. 장서희와의 일에 개입하지 말 것. 아예 만나지 말라는 경고는 아니었다. 어쩌면 범인은 무작정 연락을 끊는 것보다 내가 협박받았다는 사실을 숨긴 채 자연스럽게 멀어지기를 원할지도 모른다. 나는 잠시 고민하다가 문을 열었다.

"아 미안. 몸이 좀 안 좋아서. 연락 온 줄도 모르고 있었어."

"몸이 아프면 연락을 하지. 내가 약 좀 사 올까?"

"아냐. 됐어. 이젠 괜찮아."

"밥은 먹었어? 먹을 걸 좀 사 왔는데 같이 먹자."

서희는 이미 무언가를 눈치챈 듯했다. 편의점에서 사 온 샌드위치와 음료수를 침대 위에 올려놓고는 노트와 펜을 꺼내 뭐라고 적었다. 입으로는 계속 가벼운 잡담을 이어가면서.

「혹시 협박당했니?」

「응.」

「주소가 적혀 있었어?」

「응. 여기는 아니고 대전 부모님 집.」

　순간 서희의 표정이 차갑게 식었다. 필담과는 별도로
이어가던 잡담도 잠시 멎었다. 서희는 이내 정신을 차리
고는 비닐봉지에서 음료수 하나를 꺼내 내게 권하며 말
했다.

　"피곤하면 어디 나가지 말고 여기서 영화나 볼까?"

　서희는 가져온 태블릿을 꺼내 영화를 하나 틀었다. 볼
륨을 적당히 조절하고는 다시 필담을 시작했다.

「미안해. 솔직히 전혀 예상 못했던 건 아닌데. 그전에
끝낼 수 있을 줄 알았어.」

「아냐. 내가 미안해.」

「그동안 고마웠어. 넌 이제 빠져.」

서희는 진심으로 나를 걱정하고 있었다. 아니면 내가 연기에 속고 있는 걸까? 그럴지도 모른다. 어찌 되었든 이 일에서 빠진다면 더 이상 협박받는 일은 없을 것이다. 하지만 겨우 꿈을 꿨는데 이렇게 끝내자니 아쉬웠다. 그래서 서희에게 그 꿈에 대해서는 알려주기로 했다.

「나 그 꿈 꿨어. 계단하고 카드키로 집에 들어갔어.」

서희의 숨이 잠시 멎었다. 다시 글을 적는 손이 떨렸다.

「그날 밤?」

「응.」

「범인을 봤어?」

「응.」

「얼굴 기억해? 혹시 아는 사람?」

「조 형사. 날 조사했던 형사야.」

서희가 내 얼굴을 쳐다봤다. 약간 의아한 표정이었다. 정말이냐고 묻는 것 같았다. 서희가 다음 말을 쓰기까지는 약간 시간이 걸렸다.

「방 안 광경이 선명했어? 그날 그대로야?」

「응. 그대로야. 글자 하나하나까지 다 보였어.」

나는 꿈에서 보았던 광경을 구체적으로 적기 시작했다. 가구와 책들의 위치. 책 더미의 모양. 맨 위에 있던 루시드 드림부터 책 제목 하나하나를 적어나갔다. 서희는 그만 됐다는 듯 내 손을 잡더니 펜을 가져갔다.

「범인이 어디 있었어?」

「욕조 커튼 뒤.」

커튼 뒤라는 말에 서희는 다시 생각에 잠겼다. 그러고 보니 이상했다. 그날 나는 커튼 뒤를 보지 않았다. 보았다면 그 자리에서 범인을 발견했을 테니까. 하지만 보지 않았다면 어떻게 범인의 얼굴을 기억할 수 있을까. 모순이었다. 나는 혼란스러운 표정으로 서희를 바라보았다. 서희는 무언가 답을 얻은 듯이 조용히 가방에서 동그란 물건 하나를 꺼냈다. 손거울이었다.

그렇다. 욕실에는 거울이 있었다. 서희를 바라보느라 주 시야에서는 벗어나 있었겠지만 욕실 벽에 걸린 거울을 통해 커튼 안쪽의 광경이 시신경을 타고 뇌로 전해지는 건 가능하다. 그렇게 내 의식을 피해 기억에 새겨졌던 범인의 얼굴이 꿈을 통해 드러난 것이다. 서희는 자각몽을 활용할 수 있는 가능성이 무궁무진하다고 했다. 의식적인 노력으로는 그 기억을 끄집어낼 수 없지만 꿈은 가능하다. 서희가 설계한 교묘한 방법을 통해서.

「꿈에서 뭔가 이상한 건 없었어? 그날 광경하고 뭔가가 아주 다르다든가.」

있었다. 서희의 알몸. 하지만 종이 위에 그 단어를 적기가 부끄러웠다. 범인의 정체를 밝히는 것과 연관이 있을 것 같지도 않았다. 그냥 내 욕망의 표현일 뿐이다. 그걸 서희에게 밝히고 싶지는 않았다.

「없었어.」

서희는 한숨을 길게 한 번 내쉬고는 다시 생각에 잠겼다. 시선은 태블릿 화면에 고정한 채 내게 살짝 기대서.

하지만 방으로 초대받았던 날과는 분위기가 달랐다. 서희의 말과 행동에서 보이지 않는 벽이 느껴졌다. 영화가 끝나고 잠시 잡담을 더 나눈 뒤 서희가 적었다.

「더 이상은 위험해. 넌 이미 큰 도움을 줬어. 평생 잊지 않을게.」

「하지만.」

서희는 펜을 빼앗고는 할 말을 마저 적었다.

「자연스럽게 헤어지는 방법을 준비할게. 넌 그냥 맞춰주면 돼. 지금까지 그랬던 것처럼. 안녕.」

서희는 그렇게 적고는 나를 바라보며 억지 웃음을 지어 보였다. 돌아서 나가는 서희를 차마 붙잡지 못했다. 솔직히 내가 뭘 더 도울 수 있을지도 몰랐다. 여기서 멈추자. 그럼 우리 가족은 안전할 거야.

☾

한동안 허탈한 마음을 추스르기 힘들었다. 그래도 잘
선택했다. 서희가 떠나고 몇 시간 후에 다시 현관에 밀
어 넣어진 쪽지를 보고는 그렇게 생각할 수밖에 없었다.

「마지막 경고. 장서희와 만나지 말 것. 대전시 유성구
월평동 개나리아파트 305동.」

8. 거짓과 오염

그날 이후 서희는 내게 연락하는 빈도를 서서히 줄였다. 서희의 말대로 형식적인 답장을 보내는 것말고는 더 할 일이 없었다. 다행히 더 이상의 협박은 없었다. 부모님도 무사했다. 민태에게는 서희와 헤어졌다고 말했다. 민태는 다시 내 휴대폰을 검사해보더니 해킹 툴의 데이터 전송량이 확 줄었다고 알려주었다. 삭제하지는 말라고 했다. 몇 달 후에 아예 휴대폰을 바꿀 생각이었다. 그렇게 서희와의 사이에 벌어졌던 꿈 같은 일들은 정말로 꿈이었던 것처럼 멀어져갔다.

더 이상 자각몽을 꾸는 일도 없었다. 꾸고 싶지도 않았다. 어딘가 마음 한구석이 허전했다. 나는 다시 예전의 막막했던 공시생 생활로 돌아갔다. 손에 잡히지 않았지만 어떻게든 다시 공부를 시작해보려 애썼다. 그러던 어느 날 전화 한 통이 걸려왔다. 조 형사였다. 꼭 전할 말이 있다며 만나자고 했다. 서희에게 무슨 일이 생긴 걸까. 복수하려던 계획이 실패해서 거꾸로 당한 건 아닐까. 만약 서희에게 무슨 일이 생겼다면…. 나는 휘두를 용기도 없으면서 작은 칼을 하나 사서 안주머니에 넣고 약속 장소에 나갔다.

조 형사는 먼저 와서 기다리고 있었다. 나를 보자마자 지난번 식당에서 만났을 때와 변함없이 차가운 표정으로 내게 손짓했다. 그 모습을 보는 순간 꿈에서 내 목에 칼을 찔러 넣던 장면이 생각나 몸이 저절로 움츠러들었다. 나는 내키지 않는 표정으로 조심스럽게 다가가 앉았다. 조 형사는 바로 본론으로 들어갔다.

"요즘에는 장서희 씨를 안 만나시는 것 같더군요. 둘 사이에 무슨 일이 있었습니까? 제가 조심하라고 했기 때문은 아닌 것 같은데."

당신이 만나지 말라고 했잖아. 나는 속으로 생각했다. 하고 싶은 말이 많았지만 조심해야 했다. 만일 서희가 아직 무언가 행동으로 옮긴 것이 없다면 우리가 조 형사를 의심하고 있다는 사실을 최대한 숨겨야 했다.

"뭐, 이런저런 이유로 안 만난 지 좀 됐습니다. 연락도 없어서 잘 지내고 있는지 모르겠네요."

"이번에는 정말로 장서희 씨가 걱정되시나 보군요. 걱정 마세요. 제가 아는 바로는 잘 지내고 있습니다. 오히려 저는 세진 씨가 걱정되는데요? 하나 물어봅시다. 혹시 자각몽이라는 걸 꾸십니까?"

단도직입적으로 묻는 말에 나는 뭐라고 답해야 할지 몰라 잠시 머뭇거렸다. 서희가 무사하다니 그건 다행이었다. 그런데 왜 갑자기 자각몽에 대해 묻는 걸까?

"세진 씨는 아직 절 못 믿으시는군요. 뭐 그럴 수도 있죠. 하지만 상관없습니다. 꼭 말로 대답해야 하는 건 아니니까요. 전에 말씀드렸다시피 이건 사적인 조사이기 때문에 심증만 있으면 됩니다. 장서희 씨에 대해 조사하다 보니 자꾸 꿈과 연관된 이야기들이 나오더군요. 장서희 씨가 대학원에서 꿈에 대해 연구했다는 건 알고 계시겠죠?"

"네. 알고 있습니다."

조 형사는 서희가 고등학생 때 화재로 가족을 잃었다는 것, 대학원에서 꿈을 연구했다는 것, 중간에 갑자기 연구 주제를 바꿨다는 것까지 모두 알고 있었다. 그뿐이 아니었다. 내가 몰랐던 부분, 심지어 서희도 몰랐던 부분까지 샅샅이 조사한 모양이었다.

"장서희 씨의 지도교수가 장서희 씨 아버지의 친한 친구였다는 것도 알고 계십니까? 장서희 씨 아버지도 꽤나 유명한 심리학자이자 뇌생리학 연구자였더군요. 마찬가지로 꿈을 연구했고요. 집에 수면 연구 시설을 갖춰놓고 조사 대상을 불러 연구하는 일도 많았다고 합니다. 그 기계들에서 누전이 발생해 화재가 났다는 게 당시 감식반의 결론이었습니다. 그런데 그 아버지가 연구하던 게 바로 자각몽이더군요."

"그게 저와 무슨 관련이 있죠?"

"관련이 있어서 말씀드리는 겁니다. 저는 그 지도교수를 만나서 장서희 씨에 대해 자세히 물어봤죠. 장서희 씨 역시 대학원에서 자각몽을 연구했다고 합니다. 지도교수 본인이 직접 장서희 씨 아버지가 연구하던 주제를 권했다고 하더군요. 본인에게 말하진 않았답니다. 부담스러워할 수도 있으니까요. 꽤나 잘 따라와서 역시 그 아버지에 그 딸이라고 뿌듯해하고 있었는데 갑자기 연구 주제를 바꿔서 크게 실망했답니다. 나중에라도 연구해보라며 장서희 씨에게 아버지의 연구 결과에 대한 자료를 한 박스 건네줬다고 합니다. 문제는…."

조 형사는 잠시 말을 멈추고 물을 한 모금 마셨다. 그러면서도 내 눈에서 시선을 떼지 않았다.

"그 연구 결과에서 장서희 씨가 무언가를 찾아낸 모양입니다. 여기부터는 제 심증입니다만, 장서희 씨는 그 자료에서 화재 사건의 실마리를 찾은 것 같습니다. 가족을 잃은 그 화재 말이죠. 장서희 씨는 아마도 당시 집을 드나들던 조사 대상 중 하나가 방화범이라고 의심하고 있는 게 아닐까요? 자각몽을 꿀 수 있는 사람들 말입니다. 그래서 여쭤보는 겁니다. 이세진 씨는 자각몽을 꾸십니까?"

"전 그런 연구에 참여한 적이 없습니다. 당연히 조사 대상도 아니었고, 서희는 대학에서 처음 만났습니다."

"자각몽을 꾸지 않는다는 말씀은 안 하시네요? 그래서 제가 오늘 뵙자고 한 겁니다. 생각해보세요. 장서희 씨가 가족을 잃은 화재가 사고가 아니라 방화라고 믿는다면, 그 방화범이 자각몽을 꿀 수 있는 사람이라고 믿는다면, 그래서 자각몽을 꾸는 사람들을 찾아다니며 공격하고 있다면 어떨까요? 과연 세진 씨는 안전할까요?"

"그게 무슨 말도 안 되는 소립니까? 서희는 피해자 아닙니까?"

"네. 물론 그렇죠. 그 거짓 자살 사건에 한해서는요. 전 이 사건이 훨씬 복잡하다고 봅니다. 가해자와 피해자는 언제든지 뒤바뀔 수 있죠."

"그럴 리 없습니다! 서희는…!"

조 형사는 길게 한숨을 내쉬었다. 나를 바라보는 표정이 살짝 일그러졌다. **한심한 녀석이구만.** 그런 생각이 눈에 보이는 듯했다.

"역시 제 말을 안 믿으시는군요. 어쩔 수 없죠. 다만 이건 알아두세요. 원래부터 장서희 씨가 무언가 꾸미고 있는 것 같다고 의심하고 있었습니다만 어제 그게 뭔지 알아냈습니다. 장서희 씨는 여러 경로로 강력한 마취제를 준비했습니다. 한 번에 주사하면 사망에까지 이를 수 있는 분량이죠. 과연 누구를 대상으로 한 걸까요. 그게 세진 씨가 아니라고 장담할 수 있을까요?"

나는 서희에게 꿈에서 조 형사를 보았다고 알려주었다. 서희가 무언가를 몰래 준비했다면 타깃은 조 형사다. 그런데 조 형사는 이미 서희의 계획을 알고 있다. 머릿속으로 쉴 새 없이 수많은 생각이 스쳐 지나갔다.

물론 조 형사가 진짜 범인이라고 확신할 수는 없다. 하지만 만약 범인이 맞다면 서희가 위험하다. 내게 찾아와 이런 말을 하는 이유는 뭘까. 이것도 일종의 협박일까? 자신과 서희 사이에 끼어들지 말라는. 김 형사에게라도 연락해야 할까. 머릿속으로 생각만 했을 뿐인데 갑자기 조 형사의 눈이 날카로워지며 나를 노려보았다.

"혹시라도 김 형사에게 연락하실 생각이라면 그만두시는 게 좋을 겁니다. 이런 말씀 드리기는 그렇지만, 사실 김 형사 역시 이번 사건과 연관됐을 수 있다고 의심하고 있습니다. 증거는 없지만 감이 그래요. 일단 계속 지켜보는 중입니다."

"수상한 사람은 오히려 조 형사님 아닙니까? 부탁인데, 이제 제발 우리를 그냥 내버려두세요. 서희가 불쌍하지도 않습니까? 자꾸 이러시면 저도 가만히 있을 수 없습니다. 김 형사님보다 조 형사님이 믿음직하다는 근거가 하나라도 있습니까?"

속마음을 들켜버렸다는 생각에 나도 모르게 벌컥 소리를 지르고 말았다. 순간 몸이 움츠러들었지만 조 형사의 표정에서 나를 위협하는 기색은 찾을 수 없었다. 그는 차가운 얼굴로 나를 바라보며 말했다.

"제가 자꾸 이세진 씨에게 이런 말씀을 드리는 이유는 말입니다. 세진 씨, 이 사건과 연관된 사람 중 제가 의심하지 않는 사람은 당신뿐입니다. 그러니 제발 당분간은 다른 사람들을 멀리하세요. 장서희, 김 형사, 그리고 친구인 구민태 씨까지 모두. 말씀드렸듯이, 전 제가 관련된 사건에서 무고한 희생자가 나오는 것을 원치 않습니다."

조 형사는 그 말을 남기고 서둘러 자리를 떠났다. 나는 한동안 자리에서 일어나지 못하고 그가 한 말을 곱씹었다. 나는 누구를 믿어야 할까. 누구를 믿을 수 있을까. 아무것도 확신할 수 없었다. 다만 내가 믿고 싶은 사람은 있었다. 장서희. 나는 서희를 믿고 싶었다. 서희만큼은 무사하기를 빌었다. 하지만 어떻게 하는 게 서희를 위한 길인지 알 수 없었다. 내가 확실히 지킬 수 있는 사람은 부모님뿐이다. 아무것도 하지 않고 가만히 있으면 부모님은 안전하다. 내가 할 수 있는 일은 결국 그냥 가

만히 있는 것뿐이다. 차라리 없는 게 나은 인간, 그게 나
였다.

열심히 살아보려고 했던 것도 다 소용없는 짓이었다.
나는 주량을 넘겨 술을 마시고 차가운 침대 위에 쓰러
졌다.

꿈벅

나는 서희의 집으로 찾아간다. 흰색과 노란색으로
칠한 벽을 따라 계단을 올라 카드키로 현관문을 열고
들어간다. 안에는 아무도 없다. 창문을 온통 가린 커튼
덕분에 살짝 열려 있는 욕실 문틈으로 새어 나오는 희
미한 불빛이 선명하게 보인다. 나는 욕실 문을 밀어 열
고 들어간다. 욕조에 기대 쓰러져 있는 서희의 팔목에
서 새빨간 피가 새어 나온다. 피가 너무 많다. 서희를
살리기에는 이미 늦었다. 나는 다짜고짜 커튼 뒤에 숨
어 있던 조 형사에게 달려들어 그의 얼굴을 쥐어뜯는
다. 얼굴 가죽이 마치 계란 껍데기처럼 떨어져 나간다.

얼굴이 있어야 할 자리에는 흰 덩어리만이 남는다.

　세진아.

　서희의 목소리가 들린다. 쓰러져 있던 서희가 핏기 하나 없이 새하얀 팔을 들어 어딘가를 가리킨다. 벽에 붙어 있는 거울이다. 누군가의 목덜미를 붙잡고 있는 내가 비쳐 보인다. 거울에 비친 모습에는 가죽이 뜯겨 나간 흰 덩어리 대신 여전히 사람의 얼굴이 남아 있다. 그런데 그 얼굴은 조 형사가 아니라 다른 사람이다. 남자의 얼굴은 어딘가 낯이 익지만 누군지는 알 수가 없다.

‿

　둔탁한 소리와 함께 왼쪽 어깨에 묵직한 충격이 느껴졌다. 정신을 차려보니 침대에서 굴러떨어져 차가운 바닥에 얼굴을 뭉개고 있었다. 사방에 맥주캔들이 널브러져 있는 것도 보였다. 몸을 일으킬 기력도 없었기에 나는 엎어진 그대로 방금 꾼 꿈을 되새겨보았다. 거울에 비친 범인을 바라보던 마지막 장면은 여전히 생생했지만 유독 범인의 얼굴만큼은 흐릿했다. 낯익은 느낌은 있었지만 누군지 집어낼 수 없었다. 하지만 확실히 조 형사는 아니었다.

도대체 무슨 의미일까. 무언가 잘못되었다는 생각이 들었다. 이번 꿈이 맞는다면 조 형사는 범인이 아니다. 서희에게 연락해야 한다. 새로 꾼 꿈에 대해 말해야 한다. 적어도 그것만큼은.

시계를 보니 새벽 한 시였다. 나는 휴대폰을 들어 서희에게 전화를 걸었다. 한참 신호가 갔지만 응답이 없었다. 지끈거리는 머리를 붙잡고 무작정 뛰어나가 지나가는 택시를 잡았다. 서희의 집으로 향하면서도 계속 전화를 걸었다. 몇 번이나 다시 걸었을까. 딸깍, 하고 전화 받는 소리가 들렸다.

"서희야! 나야. 지금 어디야? 어디 있어?"

"왜 전화했어. 전화하면 안 되잖아. 끊을게."

"끊지 마, 서희야! 꿈이 이상해. 다른 꿈을 꿨어."

"무슨 소리야?"

"조 형사가 아닌 것 같아."

"하."

긴 한숨만 남기고 서희는 아무 말도 없었다. 나는 방금 꾼 꿈에 대해 이야기했다. 횡설수설하는 나를 택시 기사가 흘끗 돌아보았다. 이야기를 다 들은 서희가 약간 떨리는 목소리로 물었다.

"지난번에 꿨던 꿈, 정말 그날이랑 똑같았어? 정말 다른 부분 없었어?"

"다 똑같았어. 딱 하나, 쓰러져 있던 네가 알몸이었던 것만 빼고."

"역시. 너, 그 꿈을 꾸기 전에 조 형사를 의심했었니?"

그랬다. 경찰서에서 도청 코드가 심어졌다는 민태의 말을 듣고 나는 조 형사가 범인이 아닐까 의심했었다. 그렇다고 말하자 서희는 길게 한숨을 내쉬었다.

"바보. 네 기억은 오염됐어. 내가 알몸이었던 건 조작이 시작된다는 신호야. 범인이 조 형사라는 건 네가 만들어낸 기억이야. 새 꿈에서 본 게 진짜 범인이야. 너 그 얼굴 정말 생각 안 나?"

"응. 미안. 계속 생각해볼게. 그런데 너 아직 조 형사를 만난 건 아니지? 네가 뭘 준비하는지 조 형사가 알고 있어. 서희야, 조심해야 해."

"이미 늦었어. 지금 내 옆에 있어."

"뭐? 무슨 소리야? 너 지금 어디야?"

"여기, 내가 예전에 쓰던 실험실 지하."

목소리가 떨렸다. 냉정하고 차분하고 완벽하게 철저하던 서희의 목소리가 아니었다. 뚝, 하고 전화가 끊겼다. 다시 걸었지만 전원이 꺼져 있었다. 나는 필사적으로 기억을 떠올렸다. 예전에 쓰던 실험실 지하. 대학원 시절 이야기를 하면서 실험실에 대해 말한 적이 있었다. 거기 지하 창고가 하나 딸려 있었다고. 심리학과 건물이 어딘지는 대충 알고 있었다. 나는 택시의 방향을 대학교로 돌렸다.

방향을 돌리고 얼마 되지 않아 문자가 하나 도착했다.

「대전시 유성구 월평동 개나리아파트 305동 1103호.」

가슴이 철렁했다. 경고조차 없다. 최후통첩이었다. 부모님께 전화했지만 받지 않았다. 정신이 아득했다. 어떻게 해야 하지. 민태, 그래 민태밖에 없다. 나는 민태에게 전화를 걸었다.

"무슨 일이야, 이 밤중에."

"민태야, 나 좀 도와줘. 부모님이 위험해. 불이 날지도 몰라. 빨리 집에서 나오셔야 하는데 전화를 안 받으셔."

나는 울먹이며 말을 제대로 잇지 못했다. 심상치 않은 상황임을 눈치챘는지 민태가 서둘러 나를 달랬다.

"알았어. 내가 연락드려볼게. 대전에 계셨지? 그쪽 경찰에도 신고할게. 근데 너 지금 어디야? 밖에 있는 것 같은데."

"나 지금 어딜 좀 가야 해. 끊을게. 부모님 좀 부탁한다. 고마워."

"이 밤에 어딜 간다 그래! 너 지금 뭐 하는 거야? 어디

가는지라도 알려줘!"

　알려줘야 할까. 정말 민태를 믿어도 될까? 망설이는 나에게 민태가 소리쳤다.

　"이 자식아! 죽을래? 너 나 못 믿어?"

9. 진심의 경계

택시에서 내리자마자 심리학과 건물을 향해 뛰었다. 민태에게 장소를 알려준 건 잘한 걸까, 실수일까. 건물 현관은 잠겨 있었다. 다른 쪽 문을 향해 달렸다. 건물 측면의 작은 문 하나가 열려 있었다. 계단을 내려갔지만 지하로 통하는 문도 잠겨 있었다. 다시 1층으로 올라와 복도를 헤매다 보니 희미한 불빛이 새어 나오는 방이 보였다. 불빛은 방 안쪽 바닥을 파서 만든 간이계단에서 올라오고 있었다.

그곳에 서희가 있었다. 손과 발이 뒤로 묶인 채 바닥에 쓰러져 있는 조 형사와 함께. 서희는 구석에 있는 책상에 앉아 작은 플래시 불빛으로 서류들을 살펴보고 있었다. 고개를 든 서희가 나를 보며 말했다.

"여기까지 오면 어쩌니, 바보야."

"여기서 뭐 하는 거야! 조 형사는 어떻게 된 거고."

"내가 이곳으로 유인했어. 미행하는 건 알고 있었거든. 근데 마취제를 좀 많이 썼나 봐. 시간이 꽤 지났는데도 안 깨어나."

"어떻게 하려고?"

"죽이려고 했지. 범인이 맞으면. 근데 아닌 모양이네."

서희가 그렇게 말하며 허탈한 표정으로 웃었다. 평소에 보던 빈틈없는 눈빛이 아니었다. 그렇게 철저하던 서희가 왜 이렇게 성급하게 행동한 걸까. 아무리 생각해도 책임은 내게 있었다. 내가 꾼 꿈을 전부 그대로 말해주었다면. 어쭙잖은 생각에 꿈속의 서희가 알몸이었다는 걸 숨기지 않았다면. 서희는 내 생각을 눈치챘는지 한숨을 내쉬며 말했다.

"착각하지 마. 실수는 내가 한 거니까. 꿈에 대해 솔직히 말하지 않을 가능성 정도는 충분히 고려할 수 있었어. 근데 세진이 네 부모님이 위험하다고 생각하니까 마음이 좀 급했어. 그런 일이 또 벌어지는 게 끔찍하게 싫었거든. 어쨌든."

서희는 두 손으로 얼굴을 비비고 나서 다시 눈을 날카롭게 떴다. 그러고는 책상 위에 있던 서류를 넘기며 말했다.

"일은 벌어졌고, 시간은 없고. 할 수 있는 일을 해봐야지. 지금 단서는 이것뿐인데."

서희가 자신이 보고 있던 서류를 가리키며 중얼거렸다. 거기에는 사람들의 사진이 붙어 있고, 몇 가지 설명과 알 수 없는 기호들이 적혀 있었다. 서희의 아버지가 연구하던 사람들이라고 했다. 조 형사의 말은 모두 사실이었다.

"아버지가 자각몽을 연구하셨다는 건 알고 있었어. 구체적인 내용은 몰랐지만. 그래서 자각몽에 대해 아는 사람들을 무작정 찾아다녔지. 연구도 했고. 그런데 얼마 전에 교수님이 이 자료를 주셨거든. 그때 처음 알게 됐지. 아버지는 그냥 연구를 한 게 아니라 자각몽을 꿀 수 있는 사람들을 대상으로 실험을 하고 있었다는 걸."

하지만 서류에는 실험자들의 개인 정보가 없었고, 사진만으로 찾아내기는 무리였다. 그때 자각몽에 대해 알고 있던 민태가 떠올랐다고 했다. 칠 년 전에는 민태가 거짓말을 했다고 생각했지만 연구를 통해 알아낸 사실을 종합해보면 그건 거짓말일 수가 없었다. 만일 직접 꿈을 꾼 게 아니라면 아버지가 실험하던 사람들 중 하나에게 그 이야기를 들었을지도 모른다고 생각했다고 한다. 그래서 무작정 찾아가 그 얘기들을 어디서 들었는지 캐물었다. 그 뒤는 내게 말해줬던 그대로였다.

"널 의심한 건 아냐. 그래도 네가 이 사람들을 알 수도 있으니까. 자각몽을 꾸는 사람들끼리 커뮤니티가 있을 수도 있고. 그래서 찾아갔었어. 만나진 못했지만."

"다른 사람은 몰라. 나랑 비슷한 꿈을 꾸는 사람을 만난 적도 없고."

"그래. 하지만 중요한 단서를 얻었지. 범인이 널 못 만나게 했으니까. 게다가 네가 날 찾아왔잖아. 범인이 바로 내 뒤에 있었어. 그걸 네가 봤을 수도 있고. 네가 자각몽 속에서 그 기억만 꺼내면 잡을 수 있을 거라고 생각했는데."

서희는 서류들을 손으로 훑으며 한숨을 쉬었다. 내가 조금만 더 조심했다면 좋았을 텐데. 있는 그대로 말해줬으면 좋았을 텐데. 그 녀석의 얼굴을 떠올릴 수만 있다면. 괴로워하던 내 눈에 서희가 펼쳐놓은 서류에 붙은 사진 한 장이 눈에 들어왔다. 좀 어려 보이긴 했지만 분명 어딘가에서 본 얼굴이었다. 사진 밑에는 몇 가지 설명이 적혀 있었다.

고등학생. 자각몽을 꿀 수 있음. 조절 능력이 매우 뛰어남. 다만 여성 연예인을 꿈에서 만나는 것에 과도하게 집착함. 대상의 정보를 최대한 취득하면 꿈에서 등장할 때 좀 더 현실감이 있다고 함. 현실보다 꿈을 더욱 중요시하며 현실에서의 도덕관념 또한 희박함. 주

의 요망.

"아는 얼굴이야."

그 순간 나는 뒤통수에 묵직한 충격을 느끼며 앞으로 고꾸라졌다.

ᵕ

"이제 깨어났나 보네."

머리가 무겁고 눈앞이 흐릿했다. 나는 옆으로 쓰러져 있었다. 뒤통수에서 흘러나온 끈적한 액체가 바닥에 흥건했다. 손발이 뒤로 묶여 옴짝달싹할 수 없었다. 발치에 다른 사람의 몸뚱이가 걸렸다. 조 형사였다. 앞에 서 있는 사람은 내게 플래시를 비추고 있어 얼굴이 보이지 않았다.

서희, 서희는 어디 있지? 옆쪽에서 의자가 달그락거리며 낮은 신음 소리가 들렸다. 서희였다. 범인은 의자에 앉아 있는 서희의 머리를 향해 총을 겨누고 있었다.

일어서려고 몸을 버둥거려봤지만 소용없었다.

"뭐 이건 내가 신경 쓸 필요도 없이 완벽하게 준비해 줬네, 장서희. 이미 한 번 자살을 시도한 전력이 있고, 수상한 점이 기록된 조 형사 수첩도 있고. 네가 여기 쓰러진 두 명에게 마취제를 과다 투여해서 죽이고 자살했다고 하면 깔끔하겠지?"

벽에 부딪쳐 울리는 목소리가 기괴하게 들렸다. 놈이 키득거리며 웃었다.

"제일 대단한 점은 말야, 조 형사를 알아서 제거해줬다는 거야. 내가 그동안 어떻게 해보려고 해도 조 형사가 계속 붙어 다녀서 손쓸 방법이 없었는데. 이렇게 알아서 제거해줄 줄 누가 알았겠어. 히히."

"도대체 왜 이런 짓을 하는 거야!"

나는 온 힘을 다해 소리쳤다. 머리가 띵했다. 그러자 총을 든 사내가 내 배를 세게 걷어찼다. 숨이 막혀서 신음조차 제대로 나오지 않았다. 정신을 차려야 해. 나는 손목에 묶인 매듭에 정신을 집중했다. 아주 약간 느슨한 부분이 만져졌다. 놈이 눈치채지 못하게 조금씩 매듭을 건드렸다.

"너, 맘에 안 들어. 네 녀석만 아니면 우리 서희하고 좀 더 즐겁게 놀 수 있었는데. 이제 앞으로 계속 똑같은 모습만 봐야 한다니. 그러다 내가 질리면 너 어쩌려고 그래? 응?"

무슨 말인지 이해가 가지 않았다. 아무래도 제정신은 아닌 듯했다.

"너, 서희하고 몇 번이나 했어? 꿈에서 몇 번이나 했냐고. 실제로도 했으니 꿈에서도 꽤 실감나게 했겠네. 그렇지? 그럴 것 같지? 아니야. 흐흐. 난 말야. 서희가 하루 종일 내는 소리를 다 듣고 있어. 이 세상에 나보다 서희를 더 잘 아는 사람은 없어. 아주 속속들이 알지. 너도 자각몽을 꾸니까 알고 있겠지? 네가 들은 모든 게 다 이 뇌 속에 저장되어 있다가 꿈에 나오잖아. 근데 난 하루 종일 서희를 듣고 있어. 그러니 내가 꿈에서 만나는 서희가 진짜 서희야. 알겠어? 현실에서 아무리 만나봐야 그

건 가짜라고!"

"근데 왜 서희를 죽이려고 했어."

"내 서희는 죽지 않아. <u>흐흐흐.</u> 뭐 좀 더 새로운 모습을 볼 수 없는 게 아쉽긴 하겠지. 근데 이 뇌 속에 벌써 십 년 동안 서희가 낸 소리들이 다 들어 있어서 그걸로도 충분해. 내 서희를 다른 사람이 차지하는 것보다야 훨씬 낫지. 다른 놈들이 지 꿈속에서 서희에게 무슨 짓을 하는지 불안해서 견딜 수가 있어야지. 응?

처음엔 연예인 꿈을 꿨는데 말야, 그게 영 싫더라고. 나만 가져야 하는데. 서희를 처음 보는 순간 이거다 싶었지. 이제 현실의 서희는 죽고 내가 꿈속의 서희를 독차지할 차례야. 자, 어서 손목을 그어."

서희의 오른손에는 커터칼이 들려 있었다. 머리에는 여전히 놈의 총이 겨누어져 있는 상태였다. 망설이는 서희에게 놈이 다시 소리쳤다.

"허튼짓할 생각은 말고. 너 저 녀석 살리고 싶지? 죽을 가능성이 높지만 말야. 그래도 내가 희망을 줄게. 마쳐

제가 좀 약해서 살아날 수도 있잖아, 안 그래? 적어도 여기서 내 칼에 토막 나는 것보다는 확률이 높지. 아니 뭐 똑같이 죽더라도 마취제 쪽이 고통이 적지 않을까 싶네. 지금 네가 손목을 그으면 돼. 어때?"

서희는 덜덜 떨며 손에 든 커터칼을 왼쪽 손목으로 가져갔다.

"안 돼!"

내가 소리치자 녀석은 다시 한 번 내 배를 걷어찼다. 나는 속절없이 서희의 손목에 차가운 칼날이 파고드는 것을 바라보아야 했다. 서희가 이를 악물며 눈을 감자 새빨간 피가 샘솟듯 솟아 나왔다. 녀석의 얼굴에 희미한 미소가 떠오른 순간, 손목을 긋던 칼날이 허공을 가르며 그 미소를 향해 날아갔다. 안타깝게도 녀석은 재빨리 뒤로 물러섰고 칼날은 놈에게 작은 상처 하나 내지 못했다. 녀석의 일그러진 시선과 총구가 서희의 절망 어린 눈을 향했다.

"으아악!"

나는 젖 먹던 힘까지 짜내 소리 지르며 온 힘을 다해 녀석에게 몸을 날렸다. 그 순간 내 손을 묶고 있던 매듭도 탁 하고 풀렸다. 다리를 붙잡고 밀었더니 녀석은 순간 균형을 잃고 넘어졌다. 나는 넘어진 녀석에게 올라타서 정신없이 주먹을 날렸다.

넌 그냥 꿈속의 서희나 만나면 되잖아. 진짜 서희는 너한테 필요도 없지. 서희가 너 때문에 어떻게 살았는지 알아? 너 같은 놈이 뭔데 서희를 건드려. 감히! 나는 쓰러진 남자를 향해 주먹을 날리기 시작했다. 남자가 축 늘어져 흐느적댈 때까지 주먹질을 멈추지 않았다. 놈이 떨어뜨린 플래시가 바닥을 구르다 놈의 얼굴을 비췄다.

이미 몇 번 봤던 얼굴이다. 왜 이 얼굴을 못 알아봤을까. 로또에 당첨되어 덩실덩실 춤추던 남자. 조 형사의 얼굴을 벗겨내자 거울 속에서 얼굴을 드러낸 남자. 서희 아버지의 서류에 붙어 있던 사진 속 남자. 이제야 그 얼굴들이 하나로 합쳐졌다. 김준호 형사. 어딘가 낯익었던 바로 그 얼굴이었다.

그때 내 정수리에 차가운 금속이 느껴졌다. 놈이 내 머리에 총을 겨누고는 엉망이 된 얼굴로 실실 웃고 있었다.

탕.

내가 마지막으로 기억하는 것은 바닥의 차가운 감촉이다. 그리고 내 얼굴을 만지는 서희의 손목에서 뿜어져 나오는 따뜻한 피, 사람들이 계단을 뛰어 내려오는 소리, 경찰들이 외치는 소리, 그리고 내 이름을 부르는 민태의 목소리.

다음은 경찰차인지 구급차인지 모를 사이렌 소리. 흔들리는 침대. 병원 천장의 밝은 불빛.

꜀

두개골에 금이 가고 갈비뼈가 세 개 부러졌다. 그리고 주먹이 엉망이 되었다. 피를 좀 많이 흘리긴 했는데 생명에 지장은 없다고 한다. 다행히 서희는 나보다는 피를 덜 흘렸다.

조 형사 역시 별문제 없이 깨어났다. 몸보다는 정신적인 후유증이 더 클 거라고 했다. 하긴 그렇게 큰소리를 치고 나서 자신이 미행하던 사람에게 거꾸로 당했으니 자존심을 회복하는 데 시간이 많이 걸리겠지.

부모님은 당장 고시원 방 빼고 대전으로 내려오라고 난리였다. 민태가 아는 번호에 죄다 전화를 돌리고 대전 경찰에도 연락한 터라 집안이 발칵 뒤집어졌다고.

가족들은 서희가 내 목숨을 구한 걸로 알고 있다. 하여간 민태 녀석 둘러대는 솜씨는 알아줘야 한다. 뭐 틀린 말은 아니다. 만일 서희가 자신의 손목을 그어가며 녀석의 주의를 흩뜨리지 않았다면 내 가슴에 곧장 칼이 박혔을 수도 있으니까.

범인은 현장에서 즉사했다. 경찰이 발사한 총이 머리에 명중했다고 했다. 범인의 집에서는 다수의 도청 장비와 함께 인화성 물질이 발견되었다. 또 일기장을 비롯하여 서희가 고등학생일 때 쓰던 물건들이 다수 발견되었다. 방화 직전 훔친 것으로 추정되었다.

병원에 누워 있는 동안 꿈을 하나 꾸었다.

나는 로또 판매점 앞을 지나고 있다. 옆쪽에 얼핏 낯익은 얼굴이 보인다. 고개를 돌려 바라보니 서희다. 서희는 나에게 다가오려다 멈춰 서고는 주머니에서 쪽지 하나를 꺼낸다. 그러고는 얼굴이 흙빛이 되어 돌아선다. 그런 서희를 저 뒤쪽에서 바라보는 사람이 있다. 김 형사다. 서희가 나를 그냥 지나쳐 가자 실실 웃으며 뒤돌아 걸어간다. 귀에는 검은색 블루투스 이어폰이 꽂혀 있다.

순간 주변이 강의실로 바뀐다. 정수론 수업 시간이다. 교수가 칠판에 피보나치 수열을 적고 있다. 내 대각선 앞에 서희가 앉아 있다. 그런데 옷을 하나도 입지 않은 알몸이다. 서희는 나와 눈이 마주치자 벌떡 일어나 내게 걸어와서는 종이 한 장을 내민다. 로또 영수증이다. 눈을 부릅뜨고 숫자를 읽으려 하지만 아무리 애를 써도 읽어지지 않는다.

서희가 깔깔대며 웃었다.

"너도 참 집요하다. 그러니까 네 욕망은 내 알몸하고 로또라는 뜻이잖아. 참 투명하다. 순진하다고 해야 할지."

"서희 네가 자꾸 놀리니까 각인이 돼서 계속 그런 꿈을 꾸는 거잖아. 그나저나 그 자각몽이라는 게 꽤 괘씸하네. 내가 처음 로또 꿈을 꾸었을 때 김 형사 얼굴을 또렷하게 보여줬으면 좋았잖아. 아니면 욕실 거울을 통해 봤을 때라도. 왜 그렇게 흐릿하게 보여준 건지. 골탕 먹이는 것도 아니고 말야."

"글쎄. 사람의 얼굴이라는 게 또렷한 이미지로 기억되는 건 아니거든. 얼굴 패턴을 인식하는 뇌 구조가 따로 있을 정도니까. 아무리 무의식이라도 한 번 본 얼굴을 그대로 그려내기는 힘들 거야. 게다가 그냥 스쳐 지나간 얼굴이었잖아. 아마 네가 무의식적으로 그 사람이 날 위협하고 있다는 걸 알아챘기 때문에 그 정도라도 기억되었을 거야."

"무의식이라는 게 참 대단하네. 의식보다 훨씬 낫잖아. 공무원 시험도 무의식으로 볼 수 있으면 좋겠다. 한 번 본 문제는 뇌 어딘가에 다 저장되어 있을 거 아냐. 안 그래?"

"꿈 깨서. 너처럼 자각몽을 통해 살짝 엿보는 것만으로도 대단한 거야. 자꾸 쓸데없는 쪽으로 발휘되는 게 문제긴 하지만. 그나저나 너 공시 준비 계속할 거야? 그 대단한 능력을 왜 안 써먹니? 내가 계획이 하나 있는데 말야…."

"됐어. 이제 자각몽 안 꿔. 아직도 그 생각만 하면 갈비뼈가 시큰거리는데. 아무래도 덜 붙은 것 같아."

서희를 위협하던 범인은 사라졌다. 더 이상 도청하는 사람도 없다. 이제 더 이상 우리에겐 지켜야 할 행동 원칙이 없지만, 어느 쪽도 연인 연기를 그만두지 않았다. 어디까지가 연기고 어디부터가 진심이었던 걸까. 혹시 우리는 정말로 칠 년 전부터 사귀고 있었던 게 아닐까. 우리의 의식은 몰랐지만 무의식은 계속 서로를 기억하고 원해왔던 게 아닐까.

나는 그냥 그렇게 믿고 싶었다. 이건 꿈이 아니고 현실이다. 나는 마치 꿈을 꾸듯 조심스럽게 파도타기하며 그 믿음 위에 영원히 올라타고 싶다.

작가의 말

이 소설은 제가 온라인 플랫폼 브릿G에 처음으로 올린 글입니다. 이 글을 통해 다른 사람이 내가 쓴 글을 읽고 좋아해준다는 게 얼마나 짜릿한 일인지 알게 되었고 하나씩 글을 더 완성해서 세상에 내보일 용기를 얻기도 하였으니 제게는 참 뜻깊은 글이기도 합니다. 그 글이 이렇게 오 년 만에 책으로 묶여 나오다니 감개무량하네요. 이제는 빼놓을 수 없는 삶의 일부가 되어버린 글쓰기에 다시 한 번 용기를 더하는 동시에 처음 소설을 써보고 싶다고 생각했던 때의 마음을 되돌아보는 계기가 되었습니다.

처음 이 소설을 쓸 때는 오로지 재미있게 쓰겠다는 마

음뿐이었습니다. 꿈, 살인, 로또처럼 흥미를 끌 만한 소재들을 닥치는 대로 집어넣고 잠시라도 글이 긴장감을 잃지 않게 하려 애썼죠. 그러다 보니 아무래도 전체적인 짜임새에는 아쉬움이 많았습니다. 심지어 글을 절반 이상 쓸 때까지도 범인을 누구로 할지 결정하지 못했었으니까요.

이번에 아쉬웠던 부분을 다듬어야겠다고 마음먹었습니다. 그런데 소설을 읽다 보니 오히려 오 년 전에 이 글을 쓰며 내가 재미에 대해 얼마나 필사적이었는지 새삼 느끼게 되더군요. 플롯을 좀 더 짜임새 있게 만들고 불필요한 부분을 다듬으면서도 재미를 위해 애썼던 초심만큼은 그대로 지키려 했습니다. 여전히 남아 있는 허술한 부분들이 소설을 즐기시는 데 방해가 되지 않기만을 바랍니다.

이 소설은 제 꿈에 대한 기록이기도 합니다. 독자 여러분이 소설에 등장하는 묘사들을 보며 생동감을 느끼

신다면 그건 대부분 제가 직접 꾼 꿈들을 바탕으로 하고 있기 때문일 겁니다. 저는 실제로 자각몽을 자주 꾸며 어떻게 하면 더 생생하고 자유로운 자각몽을 꿀 수 있을까 연구하기도 했으니까요. 다만 글에 등장하는 기억과 꿈에 대한 이론들은 실제보다는 제 희망을 훨씬 많이 담은 허구입니다.

꿈이라는 단어는 중의적이죠. 사전에는 '실현하고 싶은 희망이나 이상'과 '실현될 가능성이 아주 적거나 전혀 없는 헛된 기대나 생각'이라는 뜻이 동시에 등록되어 있습니다. 영어에서도 비슷한 걸 보면 다른 문화권에서도 꿈을 해석하는 방식은 크게 다르지 않은 것 같습니다. 그러니 우리가 밤에 꾸는 꿈에 '깨고 나면 사라지는 헛된 상상'과 '미지의 이상향으로 나아가는 관문'이라는 의미를 동시에 담고 싶어 하는 제 욕망도 아주 근거가 없지는 않겠지요.

게다가 과학이 발전하며 우리의 삶은 현실 세계에서 분리되고 있습니다. 영화나 게임, 온라인 연결을 통해

제공되는 가상현실이 점점 삶의 많은 영역을 차지하고 있죠. 꿈 또한 그러지 말라는 법은 없지 않을까요? 엄밀히 따지자면 꿈은 우리 선조들이 활동하지 않는 밤 시간을 활용하며 진화해온 과정의 부산물이겠지만, 인간의 지능 자체도 진화의 부산물이라는 주장도 있으니까요. 꿈의 잠재력을 상상해보는 것까지 가로막지는 못할 것 같습니다. 무엇보다 꿈에 비밀이 숨겨져 있다는 상상은 몹시도 재미있으니까요.

아직까지 꿈에 대해 상상해보고 싶은 것들이 많습니다. 글 말미에 후속편에 대한 가능성을 조금 열어놓았습니다. 여러분이 이 소설을 사랑해주신다면 그런 상상들도 언젠가 글로 완성되어 공개될 수 있지 않을까 싶습니다. 무엇보다 이 글을 재미있게 읽어주셨기를 바랍니다.